AF417116

Riscontri Realistici

- 1 -

Revisione del testo a cura di

Lorena Caccamo
sito: servizieditorialiloreca.wordpress.com
email: loreservizieditoriali@gmail.com

AA.VV.

Le insidie del tempo

*Storie di errori, rimpianti,
riscatti, redenzioni,
nuove consapevolezze*

a cura di
Antonella Russoniello

TEREBINTO
EDIZIONI

INDICE

PREFAZIONE 9

Sebastiano G. Cappello

Un corpo per due 11

Miriam Schiavina

Sottosopra 21

Lucia Di Maro

Affinità elettive 27

Alessandro Tozzola

Un fantasma e la ragazza della panchina 29

Emma Saponaro

Io lo so 39

Beatrice Angeli

Telemachia 43

Andrea Verdino

Itaca 53

Andrea Cerasuolo & Carlo Conte

La piaga del ballo 59

Diego Cocco

Niente mare 67

Eleonora Pavesi

L'uomo del tram 69

Agostino Terranova

Il bottone rosso 75

Eliana Farotto

La dedica 81

Lucia Di Maro

E quando arrivi chiama... 87

Martina Busola

Sola   89

Emma Luciani

Errore di gioventù   97

Marianna Guida

Mi chiamo Maria e forse sto morendo   109

Giuseppe Raineri

Morte qualunque di un uomo qualunque   117

Samuele Cornalba

Briciole   125

Gabriella Sabbioni

Lo scherzo   135

Beatrice Marignetti

La donna che sussurrava al mare   143

Giuseppe Raineri

Ritratto 'e femmena a' fenesta   155

Pietro Rainero

    Infanzia felice   163

Chiara Silano

    Una valigia appesa a un filo   169

Antonella Carpentieri

    Vivendo e giocando   181

Gherardo Pozzi

    Appuntamento con l'amore   191

Donato Di Pasquale

    Identità personale   201

GLI AUTORI   211

PREFAZIONE

Quella che mi ha proposto l'editore Ettore Barra per Il Terebinto Edizioni è stata un'avventura affascinante: leggere i racconti inviati per la prima edizione del Concorso "Riscontri Letterari" per la Sezione Realistico/Psicologia e selezionarli per questa prima raccolta antologica.

Immergersi tra le pagine scritte da autori a me sconosciuti, infatti, è stato un po' come affacciarsi dalle finestre di un enorme palazzo e scoprire, guardando attraverso ognuna di esse, ogni volta un panorama diverso. Come in un dipinto di Escher, la realtà filtrata attraverso lo sguardo di ogni autore si mostra sfaccettata e multiforme, consentendo la scoperta di nuovi e personali punti di vista, di personaggi e storie che regalano emozioni e riflessioni.

Diverse le atmosfere, i temi, gli stili, i riferimenti letterari, ma identica la passione di chi scrive per raccontare un momento della propria vita, un ricordo, una fantasia, in grado di connettersi, spesso, con il cuore e l'esperienza di chi legge, realizzando, in tal modo, la magia che scaturisce sempre dalla lettura.

Auguro perciò a chi si appresta a vivere il mio stesso viaggio tra queste pagine, di apprezzarne la sincerità, la spontaneità, la creatività e a volte anche l'ingenuità e, magari, mettersi a scrivere a sua volta per continuare questo magico cerchio fatto di parole che tanto valore sa aggiungere alla nostra vita.

Buona lettura!

Antonella Russoniello

Un corpo per due

di Sebastiano G. Cappello

Decisi che quello sarebbe stato l'ultimo giorno della mia vita.

Guardai il grande specchio davanti a me, com'ero solito fare ormai da parecchi anni, soffermandomi sulla figura riflessa. Aveva sembianze e profilo umani. Occhi, naso, bocca e orecchie erano solo abbozzati, come in uno schizzo preliminare il cui unico scopo fosse stabilire la giusta proporzione tra gli elementi.

I contorni erano netti, creatori di spigoli degni dei più noti ritratti astrattisti. Osservai con ancor più attenzione, ricercando l'essenza sottesa in quei segni, e intravidi qualcosa di spaventoso. Riconobbi un essere vivente che sapevo essere il riflesso di me stesso ma che visceralmente non mi apparteneva. Esprimeva la realtà visibile agli occhi altrui, negando il nesso che la legava all'anima mia. Sembrava essere destinata all'immobilità e privata, per chissà quale motivo, dello spirito vitale che differenzia un corpo da un bronzo scolpito.

Ebbi paura e le mie mani furono possedute da un fremito che, per mia fortuna, durò solo pochi secondi. Avrei potuto distruggere lo specchio, convincermi che quello fosse solo un riflesso che nulla avesse a che vedere con la realtà, ma ancora una volta avrei solo eluso il problema. Non ricordo neanche tutte le volte che, seduto su quello stesso sgabello, davanti al riflesso della realtà, avevo con fermezza espresso il desiderio di farla finita. Con decisione, aprivo la tasca della giacca e le mie dita scivolavano in quell'insenatura nascosta, creata apposta per contenere qualcosa che solo io sapevo di possedere. Una piccola fiala di bromuro che portavo sempre con me. Queste decisioni hanno bisogno di tempo per maturare e innervarsi tra i pensieri, eppure un sussurro mi suggeriva che in qualunque momento sarebbe potuta scoccare la scintilla. Perché se è vero che il lavorio preliminare ha bisogno di un certo tempo per sedimentarsi, è altrettanto vero che il compimento di quel processo è figlio di un istante. Di un attimo che vale una vita intera. E quindi volevo esser pronto ad assecondare il destino in qualunque momento avesse deciso di imporsi.

A suo tempo valutai ogni possibile opzione, ponderando pro e contro, e facendo ricadere la scelta sull'utilizzo del veleno. Mi prefissai un solo requisito, sul quale però non avevo la minima intenzione di transigere. Sentivo la necessità di godermi gli istanti precedenti alla mia dipartita. La mente doveva rimanere lucida ed essere in grado di realizzare che, di lì a pochi istanti, si sarebbe vaporizzata nell'etere circostante. Esaltazione e tormento s'insinuavano tra i pensieri mentre cercavo di immaginare cosa avrei provato in quei momenti. Quando cioè, una frazione di secondo prima della stretta finale, la consapevolezza della morte avrebbe già iniziato ad avvolgermi tra le sue spire. Esclusi quindi l'utilizzo di armi da fuoco, gas di ogni tipo ed eventuali schianti da palazzi o ponti. In questi casi sarebbe venuto meno il mio proposito perché tutto si sarebbe determinato in un istante o non sarei riuscito a mantenere la mia mente lucida fino alla fine.

L'altalena sentimentale in cui fui risucchiato, per un tempo che non saprei quantificare, cessò di esistere. Il cellulare iniziò a strillare e fu come ritornare a casa da un lungo viaggio. Era ora di prepararsi. Il cerone bianco perla, la sfera rossa col taglio in mezzo, la parrucca e i vestiti variopinti avrebbero mutato la forma di quel bozzolo umano che iniziava a diventarmi familiare.

Mr. Laugh avrebbe nuovamente fatto il suo ingresso in scena, cosa che accadeva con regolarità da circa quindici anni. All'epoca frequentavo il secondo anno di università, economia e finanza, e contavo di diventare manager di un'importante azienda. L'idea non mi faceva certo impazzire di gioia ma, nel turpiloquio in cui ogni adolescente si trova intrappolato, quella mi sembrò l'unica scelta che avesse una qualche forma di senso. Ecco, "senso", "sensato", "significato", sono tutte parole che allora – e devo ammettere anche adesso – condizionano la mia vita e ogni cosa che faccio. Come se ogni azione, pensiero, espressione verbale e finanche tutto ciò che accade attorno a me, dovesse passare per il loro giudizio. Non era fondamentale che ne condividessi il significato sotteso ma che riuscissi a determinarne uno. Tutto accadeva per delle ragioni specifiche. Quante bestemmie sorvolarono le mie labbra le volte che non riuscii ad associarvene uno.

Era domenica, primo pomeriggio, e passeggiavo in una delle strade del centro storico. Lo stress accumulato per lo studio e la frequenza delle lezioni sembrava dissiparsi a ogni passo compiuto. C'era un gran via vai di famiglie, pronte a spendere quanto guadagnato durante la settimana lavorativa. Il flusso di gente si muoveva in maniera costante in entrambi i versi, fin quando, all'altezza mediana della strada, si formò un ingorgo. Un cordone circolare di gente, in prima fila tutti bambini, che attirò la mia attenzione. Cosa stavano osservando?

Mi avvicinai, intrufolandomi negli spiragli creatisi tra una famiglia e l'altra, e arrivai alla fonte. C'era un'artista di strada, un clown per la precisione. "Quante storie per un banalissimo pagliaccio!" pensai.

Stavo per andarmene via, girando su me stesso, ma non riuscii a farlo. Il suo sguardo si scagliò contro il mio. Con durezza iniziale mi sfidò a rimanere e, quando accettai la sua richiesta, mi accolse con delicatezza.

Da allora si disinteressò completamente a me. Per tutto il tempo che rimasi lì, osservò i bambini e le coppie presenti, rifuggendo da me gli occhi con meticolosa reticenza. Il suo sguardo brillava di una luce che non saprei definire. Illuminava un cielo invernale come luna piena ma, allo stesso tempo, oscurava il paesaggio circostante con tuoni e fulmini. Era portatore di vita e morte, bianco e nero sembravano coesistere in esso. Contemplava lo spettro di possibilità di cui la vita è costituita. Sembrava appartenere a un ordine di cose superiore rispetto a tutto quanto avessi mai avuto la possibilità di conoscere. E per questo non riuscii ad associargli alcun aggettivo: perché, al cospetto di tanta completezza, ognuno di essi si dipingeva di banalità.

Trovai che fosse vero, reale come la presenza di ognuna di quelle persone che, a ogni suo gesto, esplodevano in convulse risate. Gli occhi dei bambini, come le loro bocche, si aprivano sempre più, come a voler accogliere un flusso di energia invisibile che dal clown si dirigeva verso di loro. Erano pieni, anzi direi ripieni, di qualcosa che non seppi riconoscere. Imbambolato osservai la scena, nutrendomi di quella nuova, e fino ad allora sconosciuta, linfa vitale. L'estasi in cui erano visibilmente immersi riuscì a contagiarmi. Fui risucchiato all'interno del suo vortice senza accorgermene. Risi con loro e, più mi abbandonavo a esso, più sentivo alleggerirmi qualcosa dentro. Scoprii che c'era un potere, invisibile ma reale, racchiuso in ognuna di quelle espressioni di gioia. Avevo certo riso prima di quel momento ma solo allora compresi appieno quanto l'uomo abbia bisogno di questo nella propria vita. Al cospetto di questa scoperta ogni altra cosa appariva insignificante. Tutto mi sembrò privo di colore, inutile e inconsistente come il percorso universitario che avevo scelto di seguire. Il giorno successivo consegnai in segreteria la domanda di rinuncia agli studi, dedicandomi anima e corpo ad apprendere ogni tecnica necessaria per diventare ciò che avevo deciso di voler essere: il miglior clown che il mondo avesse mai visto. Invitare gli altri a provare lo stato di estasi in cui fui rapito quel giorno divenne la mia missione di vita. Scoprii di avere un talento in questo, fui ingaggiato da un importante circo itinerante e fu così che Mr. Laugh nacque e divenne una parte di me. O, per meglio dire, pian piano, riuscì a scavarmi un solco dentro. Come fosse una persona a me intima si presentò, mi fornì consigli e divenne l'unico amico su cui poter contare nei momenti di più totale disperazione. Non riguardava un lato della mia personalità, non era la proiezione di me che si dedicava a svolgere il lavoro che avevo scelto, e neanche qualcosa che potevo avvicinare o allontanare. Semplicemente condividevamo lo stesso corpo, sebbene fossimo due persone distinte.

Credo sia stata la sua presenza a salvarmi parecchie volte da una fine che sembrava intarsiata di predestinazione. Troppe le sere che, dopo aver assistito a un suo spettacolo, tornavo a casa in sua compagnia per poi vederlo guizzar via dal mio volto, passata dopo passata, risciacquo dopo risciacquo. La sua mancanza diveniva tangibile, potevo berla e sentire le mie viscere infiammarsi a ogni sorsata. Il buio acquisiva di volta in volta una sfumatura sempre nuova, il suo colore diventava sempre più oscuro, strato dopo strato. Riuscivo a vedere una sola conclusione, eppure anche in quei casi la sua presenza creava una sacca d'ossigeno sufficiente ad affrontare la notte. Il ricordo dei sorrisi provocati solo poche ore prima riecheggiava nella mente, devitalizzando ogni istinto di autodistruzione.

Ma forse più di questo, a essere sinceri, era il coraggio a mancarmi. Se avessi privato il mio corpo della vita, anche lui sarebbe scomparso nel medesimo istante. C'è questa interdipendenza, questa comunione di beni, che ci rende vicini come con nessun altro, anche quando non vorrei che accadesse. Non ho mai disposto di un coraggio grande abbastanza per pensare di stroncare la vita di due persone contemporaneamente. Quella sera però mi sentivo diverso. Il solito formicolio alle dita che mi abbraccia quando sono in balia dei miei pensieri possedeva energie nuove; il senso di spaesamento che non ha mai trovato giustificazione, ma che ha sempre bussato alla mia porta, stava conducendomi su sentieri inesplorati; il peso dell'esistenza aumentava, potevo sentirlo sulle mie carni come se fossi sottomesso all'azione di una nuova forza di gravità.

Decisi di accantonare temporaneamente questi pensieri, visto che mancava solo mezz'ora al momento in cui, per l'ennesima volta, Mr. Laugh sarebbe entrato a far parte della mia vita.

Presi in mano la scatola di latta circolare che conteneva il cerone, e la aprii. Produsse il tipico rumore, simile a uno stridor di denti, che propiziava la sua venuta. A ogni passata tracce di me venivano cancellate per lasciare il posto al colore bianco perlaceo che così tanto caratterizzava il suo viso. La matita nera iniziò a scorrere disegnando delle sopracciglia sottili, irreali ma, proprio per questo, affascinanti. La parrucca verde incorniciava e ravvivava quel quadro in bianco e nero mancante dell'ultimo elemento: la grande sfera rossa. È strano ma, finché non l'applicavo al mio naso, stagliandola al centro del viso, non potevo ancora avvertire la sua presenza. La procedura di trasmigrazione si compiva in quel solo e unico istante. Da allora fuggivo da quell'involucro che avevo abitato, spianando la strada al suo arrivo. Nei momenti successivi entrambi condividevamo lo stesso universo, potevamo vederci, anche se privi di qualunque strumento comunicativo. Il corpo, non ancora domato dal nuovo padrone, continuava a rivolgersi a me, obbligandomi a prendermene cura fin quando Mr. Laugh non si fosse davvero deciso a possederlo.

A ridosso del palco, spostai la pesante tenda color porpora, sentendo un boato provenire dagli spalti. Potevo sentire le loro grida, l'odore di centinaia di occhi puntati su di me, pronti a divorare qualunque brandello di carne costituisse il mio corpo. Quei trenta secondi, che a volte sembravano durar mesi, sono sempre stati enigmatici. Mi invadeva uno stato d'ansia che non provavo in nessun altro contesto, mi immobilizzavo e sgranavo gli occhi, domandandomi ogni volta perché facessi tutto questo. Fondamentalmente sono una persona timida, che non riesce a reggere per troppo tempo lo sguardo altrui, e in quei secondi tutto il peso di questo mio limite gravava con intensità centuplicata. A un tratto, dopo aver ingerito una quantità d'aria che poteva bastare per la sopravvivenza di un giorno intero, riuscivo a isolarmi dal resto. Una bolla mi si creava attorno, capace di amplificare le sensazioni percepite ma, allo stesso tempo, rinchiudere le mie emozioni in luoghi inaccessibili. Piegavo ogni particella del mio essere alle esigenze del ruolo. Allora, come fosse un terremoto impossibile da prevedere, una forza misteriosa mi scaraventava lontano. Proprio adesso che potevo pensare di riuscire a resistere di fronte alla presenza di tanti spettatori venuti lì per osservarmi. O forse sarebbe meglio dire per vedere Mr. Laugh all'opera, e infatti era proprio lui a farsi vivo, obbligandomi alla dipartita. Da quel momento diventavo uno spettatore, proprio come tutti gli altri, con la sola differenza che, da non pagante, ero obbligato a osservare il mio corpo agire non più sotto la mia direzione, bensì la sua.

Si muoveva con disinvoltura, piroettava fendendo l'aria circostante, cadeva a terra come se realmente ci fossero ostacoli che gli impedivano di muoversi. Le espressioni che il suo viso era capace di creare erano artificiose, eppure figlie di una naturalezza abbagliante. Il pubblico reagiva a ogni suo gesto, sguardo e finanche alle miriadi di diverse inarcazioni che le sopracciglia riuscivano a impersonare. Catalizzava l'attenzione altrui convogliandola nella direzione desiderata. Induceva uno stato di gioia che poco o nulla aveva di umano. Era conoscitore di mondi magici, cicerone di paesaggi altrimenti inaccessibili, cuoco di pietanze introvabili.

Conoscevo lo spettacolo a menadito perché, seppur a volte ci fossero delle minime variazioni, il copione era sempre il medesimo. Infatti alla fine del momento che io definisco "mimo" passò a impersonare il "giocoliere".

Anche qui, tra una caduta iniziale e l'altra, clave scivolategli in testa, danze attorno a ostacoli invisibili, iniziava a mostrare le vere qualità possedute. Aggiungendo di volta in volta un nuovo oggetto, ne riusciva a mantenere in aria, in perfetto equilibrio, ben sette. Gli sguardi sgomenti di decine di bambini, pressati sulle balaustre, erano una certezza che accompagnava ogni sua apparizione. Turnicando, sedendosi, sdraiandosi, chiudendo gli occhi per qualche secondo, ma senza perdere l'equilibrio, continuò a lanciare in aria quelli che sembravano essere dei prolungamenti del corpo. Tra le sue mani prendevano vita, si muovevano per volontà propria, sfidavano la forza di gravità, riportando ogni volta su di essa una vittoria.

Ci si avviava verso la fine dello spettacolo, mancava infatti l'ultima parte, quella in cui inventando giochi paradossali interagiva col pubblico. Percorse lentamente le navate, scrutando in ogni direzione e cercando di scegliere con cura la vittima sacrificale. Ritrovandola in un dozzinale uomo di mezza età, lo obbligò a seguirlo, piazzandolo al centro del palco, e da allora ebbe inizio una nuova, e più articolata, coreografia.

Seguivo i suoi spettacoli dall'inizio alla fine dovunque il circo decidesse di appostarsi. La ripetizione di quei gesti non ha mai sfiancato le mie resistenze perché c'era sempre qualcosa di nuovo che riusciva a trasmettermi. Ma ancora una volta ebbi la conferma che su quella sera aleggiava un'atmosfera diversa, infatti accadde qualcosa mai successa prima: distolsi l'attenzione. Balzavo da un pensiero all'altro, non mi feci mancare quelli futili tanto quanto quelli impegnati, ritornando infine sempre al proposito che mi ero fissato per quella sera. Mr. Laugh dovette certo accorgersi di questa mia assenza, sentivo il peso del suo sguardo gravarmi sul dorso e scavarmi dentro per cercare di comprenderne le cause.

Senza accorgermene, lo spettacolo finì e ripresi possesso del mio corpo. Ritornai in camerino quasi correndo, chiusi la porta a chiave, estrassi la fiala dalla tasca nascosta nella mia giacca e mi sedetti sul solito sgabello. Presi l'occorrente per struccarmi mentre un pensiero sottile, ma penetrante come brezza mattutina, iniziò a sibilarmi in testa. Tolsi la sfera rossa dal naso, sciaquandomi e rimuovendo il trucco solo in un lato della faccia. Rimisi nuovamente la sfera sul naso e guardai il risultato ottenuto, riflesso sullo specchio.

Accadde qualcosa di eccezionale: per la prima volta sia io che Mr. Laugh abitavamo contemporaneamente lo stesso corpo. La sfera posizionata al centro divenne l'unico elemento di continuità tra i due mondi. Non potevo desiderare di meglio. Era giusto che entrambi fossimo presenti all'atto che poneva fine alle nostre vite. Sotto l'impulso operato da questo pensiero, presi la fiala, togliendone il coperchio e dirigendone il contenuto in direzione della bocca.

Ma prima che potessi portare a termine l'operazione, sentii una voce tuonarmi nelle orecchie. Dallo specchio vidi la bocca, almeno la metà truccata, muoversi ed emettere suoni.

– Cos'hai intenzione di fare? – mi chiese con voce alterata.

– Beh, sai cosa sto per fare – dissi come se fosse la cosa più naturale di questo mondo.

– Non puoi portare a termine il tuo proposito.

– E perché no? – domandai con aria di sfida.

– Perché così facendo non risolveresti un bel niente.

Mi presi qualche secondo per pensare, prima di rispondergli nuovamente: – Forse è così ma, non trovando altra soluzione, scelgo di non scegliere.

– E quindi preferisci indossare i panni del codardo, piuttosto che lottare per vivere? – disse mentre il suo sguardo si colorava di un profondo sdegno.

– Penso di sì... – Mi alzai in piedi, camminando in tondo nervosamente. – Sono stanco di lottare, e tu lo sai bene.

– Lo so, sono sempre stato al tuo fianco – disse con cadenza melodica. – Ma scappare non è mai la soluzione.

– Ma che senso ha vivere se ogni cosa sembra priva di significato?

– E che senso ha uccidersi, rinunciando a cercarne uno?

Abbassammo entrambi lo sguardo, non riuscendo a trovare altre parole da proferire.

Sottosopra

di Miriam Schiavina

Pietro scende le scale e imbocca il corridoio sotterraneo. Là sotto la gente scorre rapida e imbrigliata come l'acqua di un canale tombato. Sono pochi quelli che risalgono in superficie; i più scivolano per i gradini e si infiltrano in profondità. Il trapestio di migliaia di passi si mescola al brusio delle voci, all'odore di ferro bruciato, alle ventate sordide che soffiano dai buchi neri delle scale mobili.

Il rumore e la puzza della metro se li ricorda da quando era giovane e viveva in città, ma tutto il resto è cambiato. La sporcizia è molta di più, per esempio: ci sono mucchi di rifiuti ovunque, avanzi di cibo dietro gli angoli, bottiglie di birra vuote sotto le panchine. C'è un vecchio vagabondo seduto tra i suoi cartoni dietro una macchinetta automatica, il lezzo che emana gli colpisce le narici quando gli passa accanto. Un nero fende la folla in movimento e chiama tutti "amico" porgendo un bicchiere di plastica con qualche monetina dentro. Un gruppetto di zingare colorate staziona in una nicchia del muro, con i neonati al collo e uno sciame di bambini scalzi intorno.

Pietro si porta una mano al portafoglio, per sicurezza, e aumenta il passo per quanto la folla glielo consenta. Sotto la superficie la città sembra ancora più lurida, sregolata, infestata dall'anarchia e dalla microcriminalità. E non c'è nessuno che faccia qualcosa contro questo degrado, che controlli, che punisca, che applichi la legge! La stizza gli fa storcere il naso e scuotere la testa: "Ma dove andremo a finire?"

Il fiume di gente sbocca in un lago sotterraneo, uno spiazzo circolare bordato da piccoli negozi. Le ondate di pendolari si infrangono contro i tornelli, si incanalano nei varchi e riprendono la loro corsa al di là della diga. Pietro si guarda attorno: per passare oltre deve comprare il biglietto. Le macchinette automatiche sono affollate e astruse; non gli piacciono. Vede l'insegna di una tabaccheria e sospira di sollievo. Dalla porta del minuscolo locale spunta una fila di gente in attesa; è tanto lunga che a un certo punto curva ad angolo retto per evitare di collidere con quelli che corrono verso i binari. Pietro si accoda, rassegnato.

Il ragazzo spunta alla sua sinistra e si dirige dritto all'entrata del negozio, superando la fila. Sulle prime crede che debba raggiungere qualcuno all'interno, poi lo vede inserirsi con decisione tra due persone sulla soglia. Spalanca gli occhi per la sorpresa, ma subito le labbra gli si arricciano in un sorrisetto ironico. Ora qualcuno si risentirà e ti rimetterà al tuo posto, cafone! Ma nulla accade. Nessuno parla, nessuno protesta. Il silenzio sembra applaudire alla sfrontata mossa del giovane.

Pietro sente la rabbia salire come il caffè bollente nella moka. Come si permette di saltare la fila? È possibile che nessuno protesti davanti a una tale arroganza? Ora ti aggiusto io! Si stacca dalla fila e raggiunge il furbetto.

– Guarda che devi fare la fila – gli dice, sostenuto.

Quello non risponde. Non lo guarda nemmeno.

– Ho detto che devi metterti in fila, hai capito? – sta usando lo stesso tono di quando rimproverava suo figlio, secoli fa.

– Non ci penso nemmeno – risponde finalmente il giovane con aria scocciata. Ha i capelli e gli occhi scuri, ma è sicuramente italiano.

– Tu ora ti metti in fila, come tutti! – Pietro sente che la voce gli è salita di tono, spinta fuori a forza da qualcosa di duro e amaro che gli si è formato in gola.

– Ho detto che non ci penso nemmeno. Mi lasci stare.

Pietro si ritrova con la bocca aperta di fronte a una tale insolenza. A suo figlio una risposta del genere non sarebbe mai passata per la testa.

– Guarda che finisce male – sibila a denti stretti. Il nodo in gola gli sta premendo sulle vene del collo, impedendo il deflusso di sangue.

Quando il giovane gli volta le spalle con noncuranza, la testa sembra scoppiare per la pressione.

– Mettiti in fila! – urla.

– No – ribatte l'altro con un luccichio di sfida negli occhi.

Pietro non ci vede più, e nemmeno riesce più a pensare. L'ira gli pulsa dietro le tempie a un ritmo forsennato. Con una mano afferra la manica del giubbotto del ragazzo e lo strattona per tirarlo fuori dalla fila. L'altro fa resistenza, si ritrae. Pietro tira ancora più forte.

Qualcuno gli urla qualcosa ma non gli importa: vede solo gli occhi spiritati del ragazzo che lo guardano senza paura e una smorfia di odio sul suo viso quando si gira, gli mette le mani sul petto e lo spinge all'indietro con forza. Pietro si sbilancia leggermente ma è come se la rabbia lo facesse rimbalzare contro un muro invisibile. Come si permette, questo stronzetto arrogante, di mettergli le mani addosso? Le dita della sua mano destra si chiudono come in un riflesso incondizionato e il pugno parte subito dopo, fulmineo. Lo colpisce alla spalla. Sente il rumore secco delle sue nocche sulla pelle del giubbotto. Il ragazzo strabuzza gli occhi e viene proiettato all'indietro ma d'istinto si gli aggrappa e lo trascina con sé a terra.

Cadono contro la parete tappezzata di giornali e riviste. I supporti di plexiglass stridono come i freni di un treno in corsa e oscillano pericolosamente per l'urto dei due corpi avvinghiati. Pietro sente una fitta acuta quando il suo ginocchio acciaccato incontra il pavimento, mentre con il gomito rovescia un pacco di quotidiani. Il ragazzo stramazza di schiena sotto di lui, le monetine che teneva in mano tintinnano e rotolano sul pavimento. Lo spazio minuscolo del negozio si dilata di colpo quando la gente si ritrae inorridita. Qualcuno grida. Una donna, forse la commessa dietro il banco, sbraita di chiamare la polizia.

Pietro si sente afferrare per le spalle. Una voce maschile gli ordina di smetterla e di lasciarlo stare ma lui non ha nessuna intenzione di mollare. Non sa neanche perché ma vuole dare una lezione a quel maledetto che non sta alle regole e vuole fare il furbo. Lui non è come tutti gli altri in quella città, che non fanno mai niente. Si ributta sul giovane e stavolta lo colpisce con un pugno dritto in faccia, togliendogli una volta per tutte quel sorrisetto strafottente.

Altre urla, più forti. Altre mani che lo afferrano e lo staccano dal ragazzo che resta a terra, muto e immobile. Una macchia di sangue gli si sta formando sul labbro spaccato. Movimenti concitati attorno a lui. Pietro alza lo sguardo e vede due uomini in divisa che si fanno largo tra la piccola folla che tappa l'entrata della tabaccheria.

– Che succede qui? – chiede il primo poliziotto, piazzandosi di fronte a lui.

Pietro prende fiato per rispondere con calma. Quelli che lo tenevano lo hanno lasciato, adesso, e lui può guardare con soddisfazione il ragazzo a terra. Ora ti denuncio, brutto stronzo prepotente che non sei altro!

Ma qualcuno parla prima di lui, una donna.

– L'ha picchiato! – esclama con foga, rivolta al poliziotto. Gli punta l'indice contro con la severità di un giudice.

– Gli è saltato addosso, poverino – conferma un'altra voce piagnucolosa.

Pietro si sente mancare. La boccata d'aria che ha appena preso è risucchiata da uno strano vuoto pneumatico che lo avvolge all'improvviso, stordendolo.

Poverino? La sua voce incredula gli rimbomba nelle orecchie ma è sicuro di essere il solo a udirla.

– Venga con noi – gli ordina secco l'uomo in divisa.

– Stai bene? – domanda intanto l'altro agente al ragazzo, che si sta rialzando da terra e sembra solo preoccupato di raccogliere le sue monetine.

– Ma... Ma... Voleva saltare la fila! – riesce finalmente a balbettare Pietro.

Il poliziotto lo tiene per un braccio, adesso, e lo guida fuori dal negozio. Non sembra nemmeno ascoltarlo.

Dentro, una signora sospira, affranta: – Un'aggressione così violenta. Per un nonnulla, poi!

– Roba da matti – conferma il signore di fianco, scuotendo il capo. – Ma dove andremo a finire?

Affinità elettive

di Lucia Di Maro

Era da qualche giorno ormai che sembravano non andare più d'accordo su niente.

Ora era il colore delle pareti del soggiorno, ora il tipo di chiusura delle ante degli armadi a muro. Dettagli, certo, ma che poco a poco stavano rendendo meno piacevole del previsto occuparsi dell'arredo di quella che sarebbe stata la loro vera prima casa.

Quel giorno la discussione si fece subito animata a causa del bagno più piccolo. Per la precisione a causa del colore dei rivestimenti.

Era già stabilito che il bagno più grande sarebbe spettato a lei, così spazioso da poter contenere la capiente scarpiera di cui lei aveva bisogno. E per questo aveva avuto mano libera nell'arredarlo: sanitari bianchi classici e un delicato rosa perlaceo per i rivestimenti.

Aveva o no quindi anche lui il diritto di decidere per il bagno più piccolo?

Lui pensava proprio di sì e allora quella gradazione di grigi era perfetta.

Ma assolutamente no... l'aveva bloccato lei. Quei rivestimenti grigi non erano male ma non erano assolutamente in armonia con i colori e lo stile dell'appartamento, insomma erano una nota stonata... possibile che non lo capisse?

Lui si infervorò: l'aveva lasciata fare quando si era trattato di decidere per il bagno grande e quindi si aspettava che lei facesse altrettanto ora che si trattava del bagno piccolo. Certo, replicò lei... lui non aveva messo bocca perché il bagno grande era perfetto... non c'era nulla da dire.

– Allora guarda – non si trattenne più lui – che se tu ritieni le mie scelte fuori luogo, sappi che non mi piace per niente la soluzione dell'angolo cottura in soggiorno! Non mi è mai piaciuta!

Lei lo rimproverò di non averglielo mai detto, lui le ricordò che aveva fatto un timido tentativo di dissuaderla ma che lei sembrava così entusiasta della soluzione proposta dall'architetto che alla fine aveva desistito... e comunque ormai era troppo tardi per un ripensamento.

– Se è per questo, ti ricordo che ho rinunciato alla stanzetta del primo piano dove volevo farmi uno studiolo perché tu ci devi sistemare le tue maledette collezioni! – urlò lei esasperata.

– E la scala di plexiglass? – fece lui con un tono di voce ancora più alto. – Ne vogliamo parlare? Oltre che brutta è anche pericolosa!

– Bene – ribatté lei con voce tornata incredibilmente calma, quasi un soffio. – Pare proprio che questa casa non sarà mai la casa dei miei sogni...

– E neanche dei miei! – ribatté lui.

Si allontanarono senza salutarsi.

Fortunatamente, pensò lei, le partecipazioni non erano ancora partite.

Lui guardò l'orologio, se si sbrigava poteva passare prima dell'ora di chiusura dalla gioielleria dove avevano ordinato le fedi. Visto che il sostanzioso anticipo l'aveva versato lui, avrebbe chiesto di fare un cambio... l'ultimo modello del Piaget da polso gli piaceva molto.

Un fantasma e la ragazza della panchina

di Alessandro Tozzola

La vita di un fantasma è molto dura.

Era uno dei primi giorni in cui la temperatura stava cominciando a tornare gradevole, benché la luce del sole non possedesse ancora una tonalità propriamente calda. Essa si rifletteva sullo specchio di un lago, al centro del parco di un piccolo paese, e pigramente alcuni ciuffi di cirri navigavano da una sponda all'altra, per poi scomparire dal riflesso. Una macchia di alte betulle dal fusto slanciato e dalla chioma leggera gettava la sua ombra su una panchina che guardava il lago, e in essa un'altra provava a nascondersi. Apparteneva a una giovane donna, che sedeva composta sul bordo della panchina, col dorso appoggiato allo schienale e le gambe accavallate. Indossava un giubbotto piuttosto largo e un paio di pantaloni sportivi di qualche taglia più grandi. Un osservatore distratto vedendola da lontano l'avrebbe descritta come un'immagine di serenità contemplativa di quel paesaggio di natura rinascente. Ma il fantasma non era un osservatore distratto. In quel viso tirato e lasciato scoperto da capelli tagliati troppo corti, in quegli occhi che scrutavano il vuoto leggeva qualcos'altro.

La giovane fu distolta dalla sua meditazione dolorosa da un soffio di vento caldo anomalo e dall'irrazionale sensazione di una presenza invisibile che si sedeva al suo fianco. Non ne fu impaurita: ormai aveva sviluppato un'incolmabile freddezza per qualunque cosa. Non le suscitò alcuna reazione sentire una voce sussurrata dal vento parlarle.

– Ciao. Scusami se mi sono permesso di sedermi vicino a te. Ti dispiace se ti faccio un po' di compagnia? – La voce era maschile, anche se con un timbro un po' troppo alto e molto delicato.

La donna non si scompose e la ignorò.

La presenza prese il suo silenzio come un invito a non andarsene. Per molti minuti regnò la quiete, interrotta solo da qualche sporadico e timido cinguettio. Poi quella voce educata intervenne nuovamente: – Ti chiedo ancora scusa. Capisco che per qualche motivo tu voglia rimanere da sola. Però ho sentito nelle mie viscere il tuo dolore fin da lontano e mi chiedevo se potessi fare qualcosa per te.

La giovane rimase immobile qualche altro secondo, poi finalmente mosse il collo rivolgendosi all'entità al suo fianco, che come aveva previsto non c'era.

– E spiegami, come faresti a sentire qualcosa nelle viscere se non hai nemmeno la parvenza di un corpo? – La sua voce era secca e conteneva un tono di sfida ma in essa custodiva una fragilità, un tremolio nelle sillabe finali di alcune parole.

– Non sei neanche un po' impaurita dal fatto che io sia un fantasma?

– No. Non mi importa più di niente e di nessuno. Puoi farmi quello che vuoi. Uccidimi, annegami, fai quello che devi.

Per numerosi altri minuti nessuno parlò, il fantasma aspettava pazientemente.

Infine, fu lei a rompere il silenzio: – Sono stata lasciata dal mio uomo. Se n'è andato quando ha scoperto che ero incinta di lui. Sei contento adesso?

– Oh. Mi dispiace molto. Deve essere stato veramente un deficiente per lasciarti in questo modo. Devi sentirti morire dentro. – Si accorse immediatamente di aver sbagliato le parole.

Appena finita la frase, dagli occhi ancora persi nel vuoto della donna cominciarono a sgorgare e a scorrere sul viso rigagnoli di lacrime. Si stava lasciando andare a un pianto silenzioso ma ciò nondimeno colmo di dolore.

– È stato meglio così. Meglio scoprire subito che era un farabutto piuttosto che aspettare qualcosa di peggio. Ma non è solo questo. – Abbassò lo sguardo sul suo ventre e se lo sfiorò con una mano.

Il fantasma realizzò e si sentì sprofondare. Se avesse avuto ancora un corpo, a questo punto avrebbe abbassato il capo, mostrandole il suo cordoglio. Con gli occhi avrebbe pianto con lei per farle capire che non era sola. Visto che non aveva niente, sussurrò: – Mi dispiace tantissimo.

Lei continuava a piangere silenziosamente, sfogando ancora e ancora il suo dolore, svuotata dalla convivenza imperitura con esso. Il fantasma non aveva più niente da dire o da fare, se non una cosa. Era contro le regole ma andava fatta: era nella sua natura. Si chinò più vicino a lei e le sussurrò nell'orecchio la sua benedizione. La giovane fu scossa da un singhiozzo acuto, improvviso e un po' doloroso. Quasi in trance, si alzò e, dapprima con passo incerto poi sempre più stabile, cominciò a risalire il viale ghiaiato che portava all'uscita del parco.

Diverso tempo dopo, i suoi pellegrinaggi e un suo capriccio lo avevano condotto a un bar del medesimo paese. Se ne stava comodamente fluttuante davanti al bancone, traendo godimento dai profumi degli amari che venivano serviti da un barista stempiato e con baffi sottili, con lo sguardo accigliato. Non sarebbe stato prudente ordinare lui stesso qualcosa: la vista di un bicchiere che si sollevava da solo per poi inclinarsi e rovesciare tutto il suo contenuto a terra avrebbe di certo scatenato il panico, immotivato tra l'altro. Meglio evitare. E quindi se ne stava lì, sorseggiando gli aromi delle bottiglie di qualità e fantasticando su quanto gli sarebbe piaciuto un sigaro, e indossare un borsalino da sfoggiare di fronte a tutta quella gente, anche se sarebbe risultato piuttosto demodé. D'un tratto, dalla porta d'ingresso entrò una coppia. Per primo esordì un giovane uomo di media statura, dal fisico asciutto e corti capelli scuri a spazzola, abbinati a una barba ordinata e un viso gradevolmente affilato. Subito dietro di lui entrò, con una certa sorpresa per il fantasma, la ragazza della panchina che aveva conosciuto tempo prima. Si era fatta crescere i capelli, che ora cadevano sfiorando le spalle con curve morbide; e a dispetto di quello che ricordava, le rughe sulla fronte erano del tutto assenti. Entrambi erano vestiti di abiti semplici ma eleganti. Dopo aver rivolto parola al barista, presero posto proprio accanto al fantasma davanti al bancone. Fin da subito il fantasma notò un certo magnetismo nel modo in cui si guardavano negli occhi e nel modo in cui le loro voci si mescolavano in un intreccio di botte e risposte. Lui fece una battuta, lei rise di gusto. Era la prima volta che la sentiva ridere e il suono avrebbe fatto sorridere lui stesso se avesse potuto. Il barista appoggiò davanti a loro un bicchierino pieno a metà di un liquido color caramello dall'aroma pungente, con due cubetti di ghiaccio a testa. I due fecero cin cin, e batterono delicatamente il fondo dei propri bicchieri sul bancone di legno, per poi portarseli alla bocca.

Nel momento in cui la giovane sfiorò con le labbra il bordo del vetro, il fantasma si chinò su di lei da dietro e le mormorò nell'orecchio: – Ottima scelta.

Udita quella voce, la bocca della donna si piegò in un sorriso. A questo punto l'entità si congedò fluttuando via dal locale. Da vivo non si era mai sposato; e, in effetti, ora che era morto non ne avrebbe più avuto la possibilità. E dire che gli sarebbe piaciuto. Non era stato un tipo religioso e probabilmente avrebbe preferito per sé un semplice rito civile, tuttavia sentiva una certa emozione e anche un po' di soggezione di fronte alla chiesa gremita di gente, parenti stretti e lontani e amici della coppia. La pianta era a croce latina e una fila ordinata di colonne sovrastate da archi a tutto sesto slanciavano la struttura. Dove le due navate si incrociavano si arcuava una cupola, attraverso cui penetravano i raggi di un bel sole di fine estate, che illuminava l'altare, il prete, un ometto basso e robusto e con la pelle della testa lasciata scoperta dalla calvizie avanzata che rifletteva la luce. Poi i testimoni di nozze e infine lo sposo, ossia il ragazzo del bar, tutti elegantemente vestiti. La presenza di un ulteriore testimone forse avrebbe invalidato tutta la cerimonia, sicuramente era un fatto non convenzionale e per questo sanzionabile. Al fantasma non importava. Doveva esserci: doveva essere proprio lì, insieme agli altri testimoni. E probabilmente, il fatto che non fosse materialmente lì avrebbe potuto costituire un'attenuante. Di certo lo sperava. E avrebbe tanto voluto poter indossare un completo elegante per onorare l'evento, invece del suo nudo fluido immateriale. Una giacca di tweed magari, sopra una camicia bianca e pantaloni scuri attillati.

– E il borsalino!

No, basta con quel borsalino, non è neanche adatto per un matrimonio. Il fantasma stava cercando di soffermarsi su ogni pensiero sciocco che gli venisse in mente, così da esorcizzare l'ansia crescente. Lanciò un'occhiata allo sposo davanti a lui e gli parve di vedere l'ombra di una goccia di sudore scorrere sul collo. Ne fu divertito e anche un po' intenerito: lui sì che era davvero in ansia. Infine giunse la sposa, quella che tempo prima era solo la giovane della panchina e che ora incedeva per la navata principale, accompagnata dalle note di un organo, meravigliosa come tutte le spose nelle morbide pieghe del vestito bianco. Al termine della cerimonia, i due si scambiarono le rispettive promesse. Quando il testimone passò alla giovane il suo anello da donare insieme al proprio essere al marito, anche la mano del fantasma si unì. Lui avvertì nitidamente la sensazione di contatto, anche se di contatto non si poteva parlare esattamente. Era più una percezione di calore diffuso, una sensazione rara per un morto, ma che gli era già capitato di provare. La giovane tuttavia non diede segno di aver percepito alcunché. Per un momento il fantasma ci rimase male, poi si rasserenò: era il suo giorno di festa, era normale che avesse occhi solo per il suo sposo. E gli sarebbe piaciuto aver voce per unirsi alle acclamazioni di giubilo, o almeno due mani per applaudire.

Molto molto tempo prima, quando non solo era ancora vivo ma addirittura era ancora un bambino, una sua prozia gli aveva raccontato una storia dell'orrore. Al tempo ci aveva creduto fortemente e la sua mente infantile l'aveva deformata e ingrandita rendendola ancora più terrificante di quanto realmente fosse. Narrava di una creatura immonda e informe, che strisciava e si divincolava per i meandri delle tubature sotterranee. Per la maggior parte del tempo se ne stava quieta nella sua tana, ma di tanto in tanto risaliva quell'intrico labirintico fino alla superficie, dove usciva sotto forma di viscidi filamenti oscuri, solo l'ultima protuberanza della sua essenza. Lo faceva quando doveva cibarsi. E si nutriva non appena un bambino cattivo si avventurava da solo in bagno. Allora lo afferrava per i polsi e per le caviglie, tappandogli la bocca per fare in modo che nessuno sentisse le sue grida di aiuto. E lo trascinava con sé nell'abisso. Il bambino che adesso era diventato un fantasma comprese che quella era solamente una storia raccontata dalla zia perché facesse il bravo, e nulla più, solo quando diventò sufficientemente grande. E se da un lato lo fece crescere educato, dall'altro per un certo tempo lo fece soffrire di stitichezza in una misura piuttosto grave.

A sua madre non stava particolarmente simpatica quella prozia. Nel bene o nel male, quella storia lo aveva in qualche modo segnato, ma ciò non gli impedì di fare la stessa cosa del mostro immaginario il giorno del parto, cosa di cui si vergognò. Si era mosso alla prima contrazione, avvertita nelle sue viscere come una sensazione di lacerazione, come se un uncino lo stesse attirando in quella direzione. Il problema era che in quel momento si trovava oltreoceano per un'altra faccenda simile. Per questo motivo ci aveva messo quasi un giorno ad arrivare sul posto, quando ormai il bambino era già nato. Giunto infine trafelato all'ospedale, aveva trovato l'entrata del reparto chiusa. A questo punto aveva imprecato e aveva deciso di rompere il proprio giuramento facendo una cosa che si era ripromesso di non fare mai, sia per motivi igienici che per decoro. Aveva strizzato la sua essenza e si era infilato nelle tubature. Aveva zigzagato a lungo nel buio e nel tanfo, e infine aveva trovato il canale giusto. Lo risalì, e giunto all'uscita spirò dentro la stanza della sua protetta. La camera era piuttosto spoglia, le pareti completamente bianche e anonime. C'era solo una finestra nel lato più lontano dalla porta di accesso, che dava su un freddo panorama urbano ingrigito dalle nuvole autunnali e che era contornata ai lati da due tende rosa pallido, uniche note di colore. Il novello padre era in piedi di fronte al letto. Rispetto a quando si erano sposati portava i capelli leggermente più lunghi, e la barba lasciata incolta che gli conferiva un aspetto vissuto. Le borse sotto gli occhi mostravano inequivocabilmente le ore di spasmodica attesa e l'ansia. Nascondevano il disagio e il senso di inutilità dell'uomo al cospetto della potenza di un evento da cui era naturalmente escluso e la ripromessa di farsi perdonare in futuro. La giovane si era tagliata di nuovo i capelli ma in un'acconciatura che valorizzava il suo viso illuminato dalla vista della figlia. Perché in effetti era una bambina, intuì il fantasma. Gli occhi della donna sprizzavano di tutto l'amore materno possibile mentre allattava al seno la fragile creatura a cui aveva donato la vita. Il fantasma fissava la scena affascinato, immobile sul posto in disparte e nascosto. A un certo punto, col desiderio di vedere meglio la scena si avvicinò un poco. Appena mossosi, la giovane, che pur non poteva essersene accorta con la vista, si volse di scatto verso di lui e per un singolo momento gli scoccò un'occhiata fulminante, come quello che una leonessa rivolge a qualunque cosa possa rivelarsi un pericolo per il suo cucciolo. Il fantasma dapprima si irrigidì, poi arretrò di scatto e si rituffò nello scarico, lasciando fuori solo quella sua parte di sé che si occupava della vista a sbirciare. Il viso della donna si distese un poco, e assunse un'espressione corrucciata e forse sospettosa.

Suo marito si chinò su di lei e mormorò: – Amore, tutto bene? Qualcosa non va? Devo chiamare l'ostetrica?

Dopo un paio di secondi lei volse lo sguardo alzandolo su di lui e accennò un sorriso stentato: – Sto bene. Solo la stanchezza che gioca brutti scherzi... credo.

L'uomo la baciò sulla fronte e disse: – Ti meriti un buon riposo. Vado a parlare con l'ostetrica, meglio non rischiare, torno subito. – E uscì dalla stanza.

La giovane lo seguì con lo sguardo, poi si rivolse nuovamente verso il mio nascondiglio con espressione perplessa, mentre la bambina si addormentò sul suo petto. Sgattaiolai via pieno di vergogna.

Quell'ultimo giorno la temperatura era gradevole. Il caldo non era opprimente, grazie anche all'azione di una leggera brezza. Rade nuvole bianche si riflettevano pigramente sulla superficie del lago, infranta talvolta dal dondolio galleggiante di una famiglia di anatre o dallo scuotersi sotto il pelo della superficie di un pesce. C'era chi sosteneva la presenza di siluri lunghi diversi metri in quelle acque e che la sparizione sporadica di un'anatra fosse a loro dovuta. Dai rami delle betulle usciva un chiacchiericcio fitto di cinguettii. Sul prato un uomo e una bambina di circa sei anni giocavano a lanciarsi una palla. L'uomo si era lasciato crescere ancora la barba, che adesso ricopriva in un ammasso curato buona parte del viso. Aveva cominciato a perdere i capelli e le stempiature andavano ampliandosi. La bambina gli era molto simile in viso, aveva la stessa attaccatura dei capelli, castani come quelli della madre, e gli stessi occhi divertiti, mentre dalla donna aveva ereditato una sottile eleganza della statura e dei movimenti. Era alta per la sua età. Ogni volta che il padre le lanciava la palla lei correva a prendere la giusta posizione per agguantarla al volo in uno scoppio sguaiato di risa, spesso non riusciva ad afferrarla e allora rideva ancora più forte. Raccoglieva la palla da terra e provava a rilanciarla a suo papà, e ogni volta la indirizzava da tutt'altra parte a cadere poco distante da lei e rotolare via. A quel punto anche suo padre rideva con la sua voce profonda, e si incamminava a recuperarla, per poi lanciargliela a sua volta. La donna sorvegliava il loro gioco seduta sulla panchina, a poca distanza, con un sorriso sereno. Si era lasciata crescere i capelli, adesso lunghi oltre le spalle, e qualche filo bianco si scorgeva al riverbero del sole. I segni del tempo avevano cominciato ad affiorare sulla pelle del suo viso, che comunque rimaneva fine.

– Posso sedermi vicino a te? – le domandò il fantasma, che assisteva dall'alto alla scena già da tempo. La donna si volse nella sua direzione con espressione confusa. Poi rispose a voce bassa: – Sì, certamente. – Il fantasma si accomodò sulla panchina ed entrambi rimasero a sedere per diversi minuti in silenzio, guardando il padre che provava a insegnare alla figlia come lanciare in maniera corretta la palla. Il fantasma aspettò pazientemente che fosse lei a riprendere la conversazione.

– Sei un fantasma, vero? – gli chiese infine.

– In effetti, sì. Non hai paura?

– A dire il vero no. Non so se dovrei, però non ho alcuna paura di te. Non ho mai incontrato un fantasma in vita mia, eppure non mi sembra che tu abbia cattive intenzioni.

Altro silenzio. Infine lui mormorò: – Quindi non mi riconosci?

Il suo volto si contrasse nello sforzo di recuperare un frammento di memoria, aggrottò le sopracciglia e serrò le labbra. Poi con voce affranta mormorò: – No, non mi pare di conoscerti. Ci siamo già incontrati per caso?

Cosa risponderle? Che era un amico di vecchia data? Che un pomeriggio di tanti anni prima l'aveva consolata nel momento peggiore della sua vita, che l'aveva quasi vista morire marcendo da dentro e che per questo le aveva donato la sua benedizione? E che il prezzo dei suoi poteri era...

– No. Immagino di no. – Si congedò con una folata di vento caldo, che sfiorò la guancia della donna come fosse una carezza, rivolta poi prima a suo marito e poi alla bambina.

Si congedò con un'ultima immagine della sua protetta, i cui occhi si erano inconsapevolmente e inspiegabilmente inumiditi.

E niente. La morte di un fantasma è veramente molto, molto dura.

Io lo so

di Emma Saponaro

Io lo so cosa hai provato.

Io immagino come sei tornata a casa.

Avrai camminato per strada, da sola, affondando lentamente le gambe inchiodate nell'asfalto molle e procedendo annegata nel buio.

I tuoi pensieri erano evaporati. Non pensavi a nulla, non avevi la forza per farlo. Pensare sarebbe stato inutile e penoso. Percepivi solo il dolore, dolore in ogni singola molecola del corpo tutto.

Carne infranta, dignità oltraggiata.

La gonna era infamata, la camicia lacerata, e il vuoto in testa così ingombrante che avrai evitato a fatica di buttarti sotto a una macchina per cancellare l'orrore, e non doverlo raccontare, e riviverlo e raccontarlo di nuovo, e riviverlo e...

Io lo so cosa hai provato.

Ti sarà sfiorata per un attimo l'idea di dover affrontare il tuo ragazzo, la tua famiglia. E ti sarai sentita sporca, imbrattata dal seme bestiale e dalle vili voglie.

Chiederanno? Taceranno? Capiranno.

Non essendo sicura di farcela, avrai implorato le forze per arrivarci viva, a casa, camminando su quell'asfalto molle, molle, molle e deformato, infame anche lui. Opporti ti avrà causato altra sofferenza, e tanto dolore, e giù botte e schiaffi e insulti... poi, e poi, e poi avrai sentito insinuarsi in te l'odiato e l'odio, il disgustoso e il disgusto.

Avrai conosciuto i denti di una tagliola, d'acciaio, affilati, avrai visto ingordi occhi di ghiaccio, avrai sentito la carne puzzolente della bestia feroce.

Io lo so cosa hai provato.

Io l'ho provato a casa, con chi un tempo mi scelse sposa.

Io lo so cosa hai provato.

Io l'ho provato con il mostro che un tempo promise di amarmi, rispettarmi e onorarmi fino alla morte.

E la morte, la mia, è arrivata presto.

Ho sopportato, per la vergogna, per non essere violentata ancora da domande impertinenti, per la paura di scoprire increduli e scettici, per proteggere mio figlio.

Io lo so cosa hai provato.

E per questo decido di spezzare la connivenza.

Ho dolore. Voglio dire, voglio urlare, voglio piangere per il feroce stillicidio di un amore infranto. Ma non posso più tacere. Non posso più sopportare. Decido di spezzare la connivenza, anche se è con la carne della mia carne.

Perché io lo so cosa hai provato.

Sono una vittima anch'io. E non sto parlando di quel mostro al quale dovevo sottostare respirando i fumi di alcol e sopportare le prepotenze e le prese e le strette e le minacce e le botte e i lividi e le fratture e le bugie e i sotterfugi. No, non sto parlando di lui, ma di colui che ti ha ridotto così.

Io, vittima di un amore sbagliato, un amore che non si può più proteggere, non posso, non posso più, e spezzo la connivenza.

Dall'amore cosmico di madre io sono stata estromessa, pur lottando ostinata tra i grovigli di spine che si conficcavano nel cuore cieco e poi eretico e poi ribelle. Domare il drago della natura ingrata è impresa grave e sanguinosa.

E maledico, ora, il mio utero che indegnamente lo accolse, e spezzo la connivenza.

Voglio annegare questo amore, questa vita creata dall'inganno.

Un figlio che ho partorito, amato, adorato, un figlio malvagio, erede degli stessi denti d'acciaio affilati e degli occhi di ghiaccio di un padre ignobile.

Un figlio che non conosco più.

Un figlio dal quale mi sto separando. Un figlio che consegno a lei, Vostro Onore.

Addio, figlio mio.

Telemachia

di Beatrice Angeli

Era una calda mattina di agosto.

I bagagli erano pronti e l'euforia per la partenza era tanta: voglia di sole, di mare, di giochi sulla spiaggia, di passeggiate, di profumo di salsedine e di resina dei pini.

E anche l'inconfessabile desiderio di trascorrere qualche giorno in serenità, lontane da quell'atmosfera pesante che da mesi aleggiava in casa: papà e mamma ormai litigavano ogni giorno e, se non litigavano, si ignoravano e stavano in silenzio. Un silenzio incomprensibile per le bambine, che non capivano bene che cosa stesse succedendo. Così, quando la mamma aveva annunciato loro che avrebbero fatto una vacanza al mare tutta al femminile, avevano accolto la notizia con sollievo, perché il termine "vacanza" suscitava in loro emozioni finalmente positive.

– Forza, un bacio a papà e si parte – sussurrò la mamma e le bambine fecero per obbedire, ma non era ancora ora di partire.

Il papà le attendeva con gli occhi pieni di lacrime, come gli succedeva sempre negli ultimi tempi. Le abbracciò strette strette, come in un addio piuttosto che per un arrivederci e poi, con la voce rotta dall'emozione, chiese loro qualche minuto di tempo, perché doveva fare un annuncio.

– Al vostro ritorno dal mare – spiegò – non mi troverete: in questi giorni in cui non ci sarete, approfitterò per traslocare in un'altra casa, perché la mamma non mi vuole più qui.

Rosa, la maggiore delle bambine, intercettò uno sguardo di disapprovazione della mamma verso il papà e la sentì sibilare: – Ti sembra il modo e il momento per dirlo? – Poi la mamma prese per mano le due piccole, le guidò fuori di casa, le fece sedere in auto, assicurandole con le cinture di sicurezza, avviò il motore e partì.

Susanna probabilmente non se ne accorse, tutta presa dal pensiero che avrebbe indossato i suoi costumi nuovi, avrebbe ritrovato le sue amichette e forse ne avrebbe conosciute di nuove. Rosa, invece, dall'alto dei suoi dieci anni, lo notò eccome che la mamma stava guidando fra le lacrime, che di tanto in tanto scivolavano sulle sue guance sbucando dagli occhiali scuri, che aveva strategicamente indossato. Le sembrò addirittura di percepire un singhiozzo e si spaventò, perché temeva che la mamma non riuscisse a guidare. Le appoggiò allora una mano sulla spalla, come per dire "ci sono io qui" e la mamma le strinse forte la manina.

Il silenzio regnò in macchina fino a quando il mare comparve, dietro una curva. Allora la mamma finalmente annunciò che mancava poco all'arrivo e augurò alle sue bimbe una buona vacanza.

Non fu una bella vacanza. Certo c'era bel tempo, certo c'erano i soliti amici, la focaccia buonissima, mille occasioni di divertimento, ma nella mente di Rosa continuavano a risuonare quelle parole terribili: "non mi troverete più". Dove sarebbe andato papà? Per quanto tempo? Sarebbe tornato o non lo avrebbero mai più visto? Che cosa sarebbe stato di loro, senza papà? Ma perché la mamma non lo voleva più in casa? Non capiva che alle sue bambine sarebbe mancato tanto il loro papà? E se fosse scomparsa anche la mamma, che ne sarebbe stato di loro?

Rosa guardava la sorellina e si sentiva investita dell'enorme responsabilità di farle non solo da sorella maggiore ma anche da genitore nel caso fossero rimaste sole. Di notte, i sensi di colpa la divoravano: e se tutto fosse successo per colpa sua?

Non se ne accorgeva, ma la mamma la osservava cercando di indovinare i suoi pensieri e le sue emozioni. Una notte in cui Rosa si svegliò per un brutto sogno, trovò la mamma accanto al suo letto, che le disse: – Ci sono io qui…

La vacanza volgeva ormai al termine. La pelle si era abbronzata ma i pensieri di Rosa non l'avevano abbandonata, anzi erano più vivi e laceranti che mai, perché se da un lato sperava che, come per magia, tutti i problemi si sarebbero risolti, dall'altro era certa che, aprendo la porta di casa, non avrebbe trovato papà ad attenderla.

Speranza e delusione, paura e rabbia, mille emozioni si intrecciavano nella sua testolina.

La sera prima del ritorno a casa, mentre godevano del fresco sul terrazzo, la mamma provò a parlare con Rosa. Aveva tante cose da dirle, anche se non sapeva bene da dove cominciare, e scelse di lasciar parlare la sua bimba.

E la sua bimba parlò. Anzi, vomitò addosso alla mamma tutti i pensieri che in quell'ultimo periodo le avevano tolto la fame, il sonno, l'allegria. Lei non voleva che papà se ne andasse, lo voleva in casa, con loro. Non voleva però nemmeno continuare a sentire litigi e a sorbire silenzi. Voleva una famiglia normale, con un papà e una mamma felici e una sorellina con cui giocare e a cui fare i dispetti. Perché non era possibile tutto questo? A nulla valsero le spiegazioni della mamma: Rosa era sorda a qualsiasi giustificazione, sentiva soltanto il rumore dei suoi pensieri e delle sue emozioni devastanti.

Tornate a casa, iniziò un periodo difficilissimo. Anche se si era trasferito, papà tornava ogni sera a trovarle. Stava con loro un'oretta, durante la quale la mamma si ritirava con una scusa in camera. Prima di andare via, papà le abbracciava come se stesse per partire per la guerra, trattenendo a stento le lacrime. Lacrime che la piccola Susanna non tratteneva affatto, anzi versava copiose, preoccupata e addolorata per il suo papà. Ogni sera la mamma cullava la piccina fra le sue braccia, per tranquillizzarla, ripetendo anche a lei, come una formula magica: – Ci sono io qui.

In questo periodo Rosa provava di nuovo emozioni contrastanti: non sapeva con chi doveva essere arrabbiata. Con la mamma, colpevole di aver voluto questa situazione? O con il papà, che riversava sulle sue giovani spalle di bambina confidenze che lei non era in grado di portare? O con sua sorella che piangeva piangeva e piangeva? O con se stessa che, si ripeteva, doveva per forza avere qualche colpa...

Rabbia, dunque, ma anche paura. Quella paura di rimanere da sole se anche la mamma, per qualche motivo, se ne fosse andata.

Passarono i mesi, papà iniziò a rassegnarsi e ad accettare, seppure fra mille titubanze, oltre che alti e bassi, la situazione. Non era più lui ad andare a trovare le sue figlie, ma erano loro ad andare da lui prima ogni fine settimana, poi a fine settimana alterni, poi ogni due o tre settimane, perché papà – così diceva lui – doveva lavorare nei weekend per far fronte alle tante spese che aveva. Si dichiarava poverissimo, il suo frigorifero era sempre drammaticamente vuoto, addirittura spento.

Una sera, un noiosissimo sabato sera, Rosa ormai tredicenne giocherellava con il computer di papà, mentre lui e Susanna guardavano un altrettanto noioso cartone animato. Capitò per caso nella raccolta di foto e ne trovò una serie che ritraevano papà in compagnia di una donna che non era la mamma, nei luoghi più disparati: al mare, in montagna, in città d'arte. Poiché durante la settimana lavorava, quelle fotografie erano state sicuramente scattate durante i fine settimana. Quei fine settimana in cui, anziché stare con le sue bambine, evidentemente papà preferiva stare con quella donna.

Ancora rabbia, tanta rabbia invase Rosa. Questa volta non solo verso la mamma e verso papà, ma anche verso se stessa: Rosa era arrabbiata con se stessa perché era stata così ingenua da credere alle bugie di papà e aveva perfino litigato con la sua migliore amica, quando questa le aveva confidato di aver visto il suo papà una domenica pomeriggio con una donna a fare shopping al centro commerciale.

– Non è possibile!!! – le aveva urlato Rosa e le aveva spiegato che suo padre il fine settimana non poteva nemmeno stare con loro perché doveva lavorare. Altro che centro commerciale… E con quali soldi, poi, visto che papà non ne aveva?!

Patrizia si era stretta nelle spalle, sicura di ciò che aveva visto e, per non suscitare ulteriori ire di Rosa, omise il dettaglio che i due piccioncini erano in atteggiamento molto affettuoso quando li aveva visti.

Rosa trascorse la domenica con una voglia irrefrenabile di tornare a casa per rifugiarsi nella sua cameretta e piangere, finalmente. Erano anni che non piangeva, ora ne aveva proprio voglia. E così fece, in silenzio, senza che la mamma o Susanna si accorgessero di nulla. Tante lacrime, un pianto liberatorio di cui aveva bisogno.

Non chiese spiegazioni a suo padre: continuò a comportarsi come se niente fosse e a incassare le sue bugie senza farne parola con nessuno, nemmeno con la mamma. A onor del vero, spesso la mamma le chiedeva se ci fosse qualcosa che non andasse.

Davanti al silenzio di Rosa, sospirava e le ricordava: – Ci sono io qui…

C'era di buono che l'umore di papà era migliorato: non stava più ore chiuso in bagno a piangere, quando Rosa e Susanna erano da lui. Semmai si chiudeva in bagno per telefonare ai suoi colleghi di lavoro, diceva lui.

Fino a quel momento, ogni volta che andavano da papà, la mamma consegnava a Rosa una borsa colma di cose buone da mangiare nel weekend. Rosa pensò che anche la mamma ci era cascata: impressionata dai racconti del frigo vuoto, anche lei credeva che papà non potesse nemmeno permettersi di fare la spesa. A un tratto questa prassi cessò e Rosa si stupì: che la mamma avesse scoperto qualcosa? Ma non osò chiedere spiegazioni nemmeno questa volta.

Certo le emozioni che Rosa provava erano fortissime e le toccava pure mettere loro un bavaglio, perché non riusciva a esternarle. Ci provò con la psicologa della scuola ma non ebbe soddisfazione, non riuscì a instaurare con lei un rapporto di fiducia. Addirittura scoprì che anche la mamma era stata a colloquio con la dottoressa per chiederle consigli su come comportarsi con Rosa. Decise quindi di chiudersi ancora di più in se stessa: si sentiva circondata da nemici.

Rosa e Susanna continuavano a frequentare il papà ogni tanto nei fine settimana ma a Rosa iniziò a non pesare più quando lo sentiva dire, con la voce triste, che toccava saltare il weekend per colpa del lavoro: al contrario, sempre fra sé e sé, si chiedeva sarcasticamente dove sarebbe andato questa volta papà con la sua innamorata misteriosa.

D'un tratto, l'umore di papà cambiò nuovamente: tornò a essere cupo, malinconico, anzi proprio tristissimo... e a passare con le sue figlie un fine settimana sì e uno no, come se per magia tutti gli impegni lavorativi fossero scomparsi.

Rosa non impiegò molto a fare due più due: evidentemente papà era di nuovo solo. Triste e solo. Eppure non riusciva a provare pena per lui, anzi iniziò a osservare con occhio critico tutto ciò che accadeva nei fine settimana e tutto ciò che riguardava suo padre. Scoprì così che suo padre conosceva molti centri commerciali di cui fino a poco tempo prima ignorava l'esistenza e, quando ci andava con le bambine, comprava loro buste piene di cose costosissime: vestiti, dolciumi, giocattoli.

Una volta Rosa provò a fare il totale di quanto suo padre aveva speso per loro nel weekend e impallidì a vedere la cifra: ma davvero quell'uomo era in tali difficoltà economiche da piangere costantemente miseria?

Che non fosse povero in canna fu per Rosa una certezza quando seppe che suo padre di lì a poco avrebbe traslocato in una casa nuova.

– Vedrete che bella... e che grande... – aveva detto loro papà orgogliosissimo.

La certezza divenne più forte quando la vide, la bella casa nuova di papà: in centro, arredata in maniera lussuosa e pulita una volta a settimana da una signora pagata da papà.

Poi fu la volta della macchina: venduta la vecchia auto, cui Rosa era tanto affezionata perché era la macchina "di famiglia", papà comprò un'auto nuova di zecca e pluriaccessoriata.

Era così concentrata sulle spese di papà che non si accorse neppure del nuovo cambio di umore dell'uomo, ma a un tratto realizzò che da qualche tempo a papà era tornato il sorriso. Questa volta credette a chi le disse che suo padre si era nuovamente fidanzato e si mise in paziente attesa della rivelazione da parte di papà, che si fece aspettare a lungo.

Non era cresciuta solo Rosa, che ormai aveva sedici anni: anche la piccola Susanna non era più così piccola e spesso Rosa si chiedeva se non fosse il caso di aprire gli occhi di sua sorella, che ancora si beveva ogni bugia che usciva dalla bocca di papà. Per Susanna papà continuava a essere povero e a essere impegnato al lavoro ogni volta che saltava un fine settimana con loro. Rosa si chiedeva come sua sorella potesse essere così ingenua da non capire come stessero le cose: lei alla sua età aveva già capito! Che rabbia le faceva quella bambina...

La situazione era diventata ormai insostenibile per la ragazza, che di punto in bianco decise di interrompere o quanto meno di diradare i rapporti con suo padre. La sua decisione ebbe diverse conseguenze.

Suo padre provò a farla riavvicinare nel modo più subdolo: ogni volta che Susanna passava del tempo con lui, la riempiva di regali costosi, evidentemente nella speranza di indurre Rosa a tornare per godere dello stesso trattamento. Come la conosceva poco... Rosa non era mica in vendita.

Sua madre iniziò a raccogliere le confidenze della sua primogenita durante i fine settimana che trascorrevano da sole. Quanto dolore, quanta rabbia, quanta sofferenza aveva provato la sua bambina e quanta ne stava ancora provando...

– Ci sono io qui – le sussurrava la mamma asciugandole le lacrime.

I rapporti tra Rosa e Susanna si erano guastati: Rosa non perdonava a sua sorella di continuare a prendere le parti di suo padre, di non capire, di essere superficiale; Susanna non perdonava a Rosa di aver abbandonato papà, che era apparentemente tristissimo e riversava le sue lacrime su Susanna.

Era di nuovo agosto, di sette anni dopo. Era di nuovo tempo di vacanza, nella solita, rassicurante località di villeggiatura.

Rosa era ormai decisa: avrebbe parlato chiaro con Susanna. Glielo doveva. Era o non era sua sorella maggiore?

In quel momento sentiva più che mai la responsabilità del suo ruolo.

Così, un pomeriggio, con il pretesto di fare una passeggiata nella pineta, Rosa trascinò Susanna fuori dalla spiaggia. La mamma le vide allontanarsi, Susanna con il muso lungo perché da tempo ormai non gradiva la compagnia di sua sorella Rosa, improvvisamente grande.

Non seppe mai che cosa si dissero le sorelle in quelle due ore trascorse da sole in pineta.

Non seppe mai che Rosa esordì raccontando a Susanna la storia di Telemaco, che crebbe senza il padre e diventò padre di se stesso. E non seppe mai che Susanna confessò a Rosa che da tempo aveva subodorato la verità ma era troppo brutta per accettarla: era meglio chiudere gli occhi e non vederla.

Quando le vide tornare, si stupì di vederle per mano come amiche oltre che come sorelle. Susanna aveva pianto, lo si intuiva, ma evidentemente Rosa aveva saputo consolare le sue lacrime.

Annunciarono alla mamma che avrebbero fatto un bagno insieme e che avrebbero raggiunto a nuoto la boa rossa. Susanna era un po' titubante, Rosa se ne accorse e, guardando la sorellina dritto negli occhi, le ricordò: – Ci sono io qui.

E insieme corsero sorridenti ad affrontare le onde.

Itaca

di Andrea Verdino

Lo sapeva perfettamente, mentre usciva dalla porta. Quella sarebbe stata l'ultima volta. Aveva sempre avuto problemi con i "finali". Non sapeva come comportarsi, cosa dire. Avrebbe dovuto dire addio, forse. O salutare in modo più caloroso. Invece ciò che uscì fuori dalla sua bocca fu uno dei suoi soliti saluti e la promessa che si sarebbero risentiti a breve. Ma ciò non poteva essere vero. Si sarebbe sposato due giorni dopo.

Forse Tom si sposava proprio per la sua terribile paura dei finali. Del resto, un uomo con una buona carriera e delle ottime prospettive future, per la società, senza matrimonio è destinato a vivere una vita "vuota". In fondo, Elizabeth è tutto ciò che una persona potrebbe desiderare da una donna: intelligente, con una bella carriera, fedele, ricca, desiderosa di avere figli. Tom era certo di aver fatto una scelta giusta (o, meglio, i suoi amici erano certi l'avesse fatta). Eppure, perché era così indeciso e paralizzato? Senza accorgersene, era rimasto fisso fermo sul primo gradino che portava alla discesa delle scale di casa di Mary, per quanto? Mezz'ora, forse di più?

Erano cinque anni che questa "storia" continuava. Mary non era per niente come Elizabeth: artista, poetessa, una carriera da insegnante che stenta a decollare, inseguendo ancora, a ventisette anni, un sogno apparentemente impossibile: diventare una scrittrice professionista. In effetti, Tom faceva fatica a ritenerla una storia vera e propria. In fondo, era fidanzato con Elizabeth da anni. E stava per iniziare la vita dei suoi sogni: una coppia stabile, serate insieme, cene con gli amici, figli, forse nipoti. Una casa da condividere e tutti gli obblighi che ne conseguono. Eppure, ciò che aveva con la sua fidanzata non si avvicinava nemmeno minimamente a ciò che aveva con Mary. Un rapporto totale, infinito, una persona con cui parlare di tutto, confidarsi, a volte bastava uno sguardo per comprendersi. Inizialmente, Tom pensava che sarebbe stato un momento, uno dei classici sogni da adolescente che si sarebbe spento senza lasciare traccia, o quasi. Ma più andavano avanti i mesi, più Tom sentiva il bisogno di comunicare, parlare, vedere questa donna, che tanto era diversa dal suo ideale di "perfezione", eppure, era tanto perfetta. Non l'aveva mai amata, di questo era certo. Amore. Che parola insignificante è, poi, *amore*? L'amore è un sentimento innaturale, nessun'altra specie animale conosce questo sentimento. L'amore è una lobby, ecco cos'è. È un'impalcatura creata dalla società per farci pensare di essere meno inutili di quanto in realtà la maggior parte di noi sarà per tutto il resto della propria vita. Solo una bassissima percentuale degli esseri umani riesce a lasciare un contributo tangibile a questo pianeta. Agli altri resta l'amore. È un premio di consolazione per i fallimenti dei propositi, per non essere riusciti a realizzarsi. È l'oro dei perdenti.

Tom era certo, amava Elizabeth. Ma non poteva stare senza Mary.

La prima volta che aveva detto alla sua fidanzata di amarla era stato su una spiaggia vicino a Kensington. In Inghilterra non ci sono molte spiagge, Kensington è l'unica alternativa valida a un viaggio all'estero ed Elizabeth odia i viaggi oltre i confini inglesi. Quella vacanza Tom la ricordava soprattutto perché era stata la prima volta, in tre anni che conosceva Mary, che era rimasto più di due giorni senza scriverle. Aveva avvertito dentro di sé un senso di vuoto e di incompiutezza tale che durante tutto il viaggio di ritorno aveva atteso spasmodicamente di potersi separare da Elizabeth solo per poter scrivere a Mary riguardo la sua ultima idea per una sceneggiatura. Non ricordava nemmeno quando e in che modo avesse detto alla sua fidanzata di amarla: forse erano sotto un albero, forse erano in riva al mare. Sicuramente, ricordava lo sguardo della donna: emozionata, felice, come se fosse l'unica cosa che aspettava da un'intera esistenza. Sì, Tom amava decisamente Elizabeth.

Il lavoro da sceneggiatore era una delle cose più riuscite nella vita di Tom. A volte fruttava molti soldi, a volte i periodi di stallo erano talmente lunghi dal dover accettare supplenze e cattedre al College.

Scendere gli scalini di un palazzo sapendo che non l'avrebbe più rivista aveva un sapore strano. Era insolito, ogni minimo passo faceva riaffiorare alla mente diversi ricordi.

Come quella volta che Mary aveva imbrattato tutta la casa per la sua nuova tela. Bellissima, un po' troppo del secolo scorso forse per essere apprezzata dai contemporanei, ma decisamente bella. Tom sapeva perfettamente che se lui e Mary fossero stati in grado di amarsi, avrebbe lasciato immediatamente Elizabeth e la vita dei suoi sogni l'avrebbe condotta insieme all'unica persona al mondo che l'avrebbe compreso. Ma loro non erano in grado di amarsi, l'amore avrebbe distrutto tutto ciò che c'era di bello e speciale in loro.

In effetti, "Itaca" è il nome perfetto per descrivere la casa che Tom condivideva con Elizabeth da più di un anno, ormai. Era la cosa più vicina alla definizione di familiarità che avesse mai conosciuto. Decidere di abitare nello stesso quartiere dei propri genitori era una scelta insolita. Molti suggerivano che Tom avesse vissuto nella sua vita una serie di complessi edipici irrisolti e l'attaccamento ossessivo al nido familiare non gli avesse permesso di separarsi definitivamente da ciò che per anni aveva rappresentato l'unica cosa che conosceva del mondo.

Conoscere Mary, partire per insensati e inventati "viaggi di lavoro" mentre invece si trovava in Provenza insieme all'unica persona che lo potesse comprendere, quella era la sua Odissea. Affrontare la realtà, che tutto ciò doveva finire una volta tornato a Itaca, la sua condanna. Ciò che lo animava, che gli dava la voglia di vivere e di affrontare il futuro era che c'era sempre la speranza di un nuovo viaggio, una nuova scoperta, una nuova volta in cui poter baciare Mary.

Il sesso tra di loro era la cosa più bella che Tom potesse ricordare della sua vita. Non che con Elizabeth fosse male, ma era un atto meccanico. Elizabeth, probabilmente, per un uomo normale era anche più attraente di Mary. Ma Mary era il sesso puro, quello senza cattiveria, quello sentito, provato dal primo respiro fino all'ultimo. Quello non era amore, era qualcosa di eterno, incancellabile, infinito. Quello con Elizabeth, quello sì, che era amore.

Probabilmente quella era stata l'ultima volta. L'ultimo atto eterno e perfetto, l'ultimo respiro veramente sentito della sua vita. Quali erano le alternative? Non ve n'erano. Tom e Mary non potevano stare insieme, non è possibile forzare una cosa naturale. Vivere per sempre così? Non era il sogno di Tom, dei genitori di Tom, degli amici di Tom.

Quindi Tom era destinato a essere infelice. Questo,

forse, lo sapeva sin dal primo momento in cui aveva conosciuto Mary. Il destino di un uomo consapevole è di essere infelice. Forse è meglio non imparare mai cosa sia la vera felicità e cosa siano i veri sorrisi per potersi illudere che la vita in realtà è bella e ci può dare tutto quello che vogliamo. Tom era stato felice, come nessun altro uomo, della sua vita. E ora questa felicità stava svanendo per sempre, mentre scendeva i gradini di quelle scale.

Andare avanti a mentire a Elizabeth non era nei suoi progetti. A breve avrebbe avuto una famiglia: che uomo è uno che è bugiardo nei confronti della propria famiglia? Anche se di menzogne alla sua fidanzata ne aveva già dette molte negli anni. Come ne aveva dette altrettante ai genitori, agli amici, persino a se stesso, cercando di convincersi che questa fosse la vita che aveva sempre desiderato. L'unica persona a cui non aveva mai mentito era stata proprio Mary. Mai. Nemmeno quando la menzogna era la scelta più facile. Come quando le aveva annunciato che si sarebbe sposato, che avrebbe avuto una vita lontano da lei. L'unica volta che forse le aveva mentito era stato quando l'aveva salutata quella notte, con la promessa di sentirsi e vedersi ancora. Lui non poteva. Lui doveva tornare a Itaca. Questa volta per sempre.

Una serie di pensieri passava ancora nella mente di Tom. Una volta ci aveva provato, davvero, a togliersi la vita. Stava organizzando tutto, i messaggi ai propri cari, a Elizabeth, agli amici. L'unico sussulto lo ebbe quando dovette scrivere il messaggio per Mary. Ciò lo fece desistere. Non gli importava quello che avrebbero pensato i suoi genitori, i suoi amici, la sua fidanzata: se Tom si fosse tolto la vita, Mary avrebbe perso la sua. Erano troppo interdipendenti, l'esistenza di uno dipendeva dall'altro. Le uniche cose buone che aveva fatto Tom erano merito di Mary e viceversa. Un conto era non potersi vedere più fintanto che il matrimonio sarebbe durato (che poi, un matrimonio, al giorno d'oggi, quanto può durare?), un conto era mettere la parola fine. Non vedersi più. Non avere più la possibilità di guardarla negli occhi, toccare la sua mano, parlare, confidarsi, esprimere tutto ciò che rimane segreto al mondo, ma non a Mary. Non poteva farlo a lei. Non poteva farlo a se stesso. Questo non era amore.

Itaca, alla fine, è il desiderio di tutti. Ogni uomo vuole un posto che venga ricordato come casa, un luogo proprio e solamente per sé. Una famiglia, un mondo tutto ai propri piedi, una vita incentrata su se stessi, un Paradiso in Terra, il proprio lascito a questo universo.

Tutti, forse, tranne chi comprende che non è importante essere ricordati, ma ricordare. Itaca non è una statua, un'opera d'arte. Itaca è un'astrazione mentale, un centro finto, che nessuno conosce, se non chi lo vive. Itaca non è la domanda, è una soluzione che non pone domande.

E Tom, lui ha sempre cercato le domande. L'avventura, il non volersi riconoscere in qualcosa. Scoprire la novità, cercare l'ignoto. Non si è spostato dal suo quartiere perché in realtà non vuole vivere la sua Odissea, sapendo di non poterla avere con l'unica persona con cui potrebbe condividerla. Si è fidanzato con Elizabeth perché Penelope è l'unica persona che fa rimpiangere Circe.

Voleva Itaca perché, in fondo, vuole ricordarsi per sempre quanto sia patetico.

Quella sarebbe stata l'ultima volta.

La prima, di una serie infinita di ultime volte.

Perché Itaca non era fatta per quell'Ulisse.

La piaga del ballo

di Andrea Cerasuolo & Carlo Conte

Una sera alla taverna scommisi sulla mia vita. Grazie al Cielo ne uscii vincitore ma se avessi perso non avrei rispettato la promessa fatta. Le scommesse sono promesse che non vorremmo mantenere. Quei gagliardi la pensavano diversamente e nessuno sarebbe riuscito a convincerli del contrario. Io lo so, perché li ho visti. Ci dividemmo in tre gruppi, per star dietro a tutti: il primo era nelle sale del municipio, il secondo al mercato, io suonavo il liuto sul palco di legno al centro della piazza insieme a un flautista, al tempo di un tamburello.

– È una frottola, ti dico che è una frottola! – mi rimproverava il tamburiere a voce alta per coprire il frastuono della folla impazzita.

– È una gagliarda, ti dico che è una gagliarda! – urlai io di rimando.

– È troppo veloce per me, io suono il passamezzo! – ci rispose sconsolato il flautista, in mezzo alle boccate d'aria.

– Tu improvvisa! Prima però va' a bere dell'acqua al pozzo, nel frattempo qui continuiamo. Non possiamo fermarci, guadagneremo una fortuna! – gli suggerii.

– Com'è la gagliarda? Un, due? – provava a ricordare il tamburiere.

– E tre! Un, due, tre! – riuscii a ricordargli.

La danza era una gagliarda e quello di fronte a noi un semicerchio di furore. Fummo chiamati in quel villaggio perché da una settimana la gente ballava per le strade senza motivo, e non v'era modo di farla smettere. Ci fu promessa una somma di danaro che avrebbe sfamato le nostre famiglie per un anno intero, quindi accettammo. Radunammo presto gli strumenti e partimmo. Si era deciso di assecondare quei forsennati con della musica, sino a farli schiattare. Serviva allora un folto gruppo di musici che fosse capace di compiere l'ardua impresa. Al nostro arrivo ci separammo e prendemmo a indovinare i loro bizzarri passi, rovistando tra i balli popolari che conoscevamo. Quasi diventammo scemi, poiché ognuno di loro pareva saltare e schiamazzare per conto proprio. Scegliemmo di attaccare con una frottola dal momento che tutti e tre eravamo in grado di eseguirla. Perdemmo diverse volte il tempo ma nel pomeriggio i passi dei più giovani si accordarono alla musica, poi toccò ai loro genitori e nonni; in serata fu la volta dei preti e dei mercanti. I piedi accelerarono e appresso a loro i movimenti delle mani e le note. La frottola, come ormai sapete, si era trasformata in una frenetica gagliarda. Quando lo sciagurato flautista si recò al pozzo era il tramonto e stavamo già suonando dall'alba. Facevo il musico di mestiere eppure ero stanco come un contadino al vespro. L'unghia dell'indice mi si era scorticata a sangue in un angolo e i polpastrelli s'erano arrossati. Il tamburiere aveva dovuto riposarsi, per via degli spasmi agli avambracci, mentre al flautista era venuta la gola secca. La luce infuocata del sole rosso, che intanto si incuneava tra i pendii delle colline, rendeva quel posto un inferno di peccatori condannati a una danza eterna. Dopo pochi minuti un uomo in veste nera, cappello a falda larga dello stesso colore e gorgiera inamidata, corse verso il palco: era un medico. Teneva stretto un flauto tra le mani e ci disse mestamente che il nostro amico aveva tropp'aria in testa per il continuo soffiare e che ne avremmo dovuto fare a meno, forse anche nei giorni a venire. Fu sufficiente uno sguardo d'intesa e decidemmo di chiedere aiuto a uno dei chierichetti nascosti in sagrestia. Non tutti, infatti, erano caduti vittima del sortilegio e nella chiesa, per qualche ragione a noi ignota, regnava ancora una pace serafica. Incaricammo della ricerca il medico, che tornò con un giovincello in tunica bianca e rossa in un batter d'ali. Ringraziatolo calorosamente, lo congedammo, supplicandolo di aggiornarci sulla salute del flautista. Masticò tra i denti qualcosa sull'infezione di un ragno, oppure di un gragno andato a male, ma forse voleva dire grano. Infine volò via senza più rivolgerci la parola e noi rimanemmo col dubbio. Il pio figliolo sapeva suonare e la musica ripartì più incalzante di prima.

– Cinque passi! Cinque! – urlava il prete ballerino, tutto intento a destra e poi a sinistra, a destra e poi sinistra e poi: – Cadenza! – strillava euforico nell'atterrare, dopo il balzo, con un piede avanti e uno all'indietro.

Salti, saltelli e capriole ma quel panciuto sudaticcio non avrebbe retto tanto a quel ritmo indemoniato.

– Duro il doppio del tempo. Sì, sì, ho detto il doppio! – si incoraggiava e un altro, senza mai fermarsi, beninteso – Con mia figlia la metà tu sei durato, sporco sadico, che per un Gulden le hai leccato il moccio!

Il prete, imbarazzato nell'ultima sequenza, col rosso in viso, mise la caviglia in fallo e, su per la fibula, fino all'osso più lungo, il più lungo di tutti, arrivò un fremito che gli scosse la carcassa sino a fratturarla.

– Dio! Oh Dio! Dammi la forza, dammi la forza di sostenere ancora una volta il peso di questa pancia, almeno una volta ancora vorrei eseguire con le donzelle che hai creato da costa a costa.

E così riprese la danza ossessa, che un pie' di porco non l'avresti distinto da quello scempio fra il viola e il verde che spuntava dal saio, il cui tessuto seguiva obbediente con le pieghe l'atteggiamento genuflesso dell'arto impuro, mentre il sano saltellava sotto l'ordine di, chi sa?, se della mente o del demonio. Davanti al religioso ruzzolato in terra, il chierichetto lanciò il flauto per aria e corse strepitante verso lui. Tra le lacrime dava la colpa di ogni cosa all'assatanata Frau Troffea, e la malediceva. La moltitudine in festa, noncurante di quegli altri stramazzati al suolo, si esibiva in modo lercio e sensuale nel toccare le sottane e volteggiare, guardando questo o l'altro culo, sudando tra i seni stretti e rinfrescati dal vento.

Le braghe a stento reggevano gli aitanti e i deboli che, senza sosta e senza ritmo alcuno, schiamazzavano esaltati eppur stanchi. Stanchi di vivere ma non di ballare.

Strimpellavo invano un motivo che sembravo udire io solo, con i compari a me vicini, ché gli altri quasi un'altra musica ascoltavano, tant'è che, in barba alle mie corde, un uomo in farsetto col mantello al vento provò anche a cantare: – *Quidam ludunt, quidam bibunt, quidam indiscrete vivunt, ibi nullus timit mortem, sed pro choro mittunt sortem!*

Pareva un ciuccio al trotto! Fu tanto eccessivo lo sforzo, che la bocca gli tolse sangue alle gambe, cosicché cadde senza sensi, urtando il prete su una zampa, e moribondi entrambi si agitavano in terra come i bimbi in fasce, assetati di latte di capra. A questo punto smettemmo di suonare e supplicammo che qualcuno chiamasse un medico. Come un attore in attesa di un segnale dietro al boccascena, spuntò rapido il dottore di poco prima. Gli chiedemmo come stesse il flautista ma egli, chino sul defunto, ci ignorava ed esclamò: – Gli s'è fermato il cuore, via un altro!

Apprendemmo poi che in una settimana già sette persone erano morte della stessa causa, sfinite dal ballo. Impietositi, il chierico e il medico si caricarono in spalla il corpo flaccido del prete in fin di vita e li perdemmo di vista. Rimasti in due, non si poteva più andare avanti, sebbene i gagliardi continuassero ad avvitarsi su se stessi. Era troppo. Domandammo a gran voce chi fosse Frau Troffea, l'assatanata. La risposta non tardò. Una giovane donna, sui vent'anni, magra ma energica, si fece avanti sulle punte dei piedi guizzanti.

– Sono io, chi mi cerca? – si stupì.

– Siete voi, che avete dato vita a questo scempio? – la interrogai personalmente.

– Scempio per il quale voi siete pagato? – mi stuzzicò eseguendo un inchino provocatorio.

– Profumatamente – risposi.

– Ordunque, ringraziatemi! Anzi, lasciate il liuto, ché al municipio non sono le monete che mancano! Morale e buon giudizio nel compiere opere pubbliche, ma non di certo le monete! Vi pagheranno in egual misura, ammesso che abbia ancora un senso il danaro dopo che saranno tutti morti! – E si lasciò andare in una fragorosa risata, mentre zampillava instancabile.

– Ma è proprio questo il punto! – obiettai. – Qual è il senso della danza? – aggiunsi.

– E chi lo sa, maestro, io iniziai per scommessa! – mi disse sinceramente incredula.

– Per scommessa? – ribattei confuso.

– Su in taverna servivo birra ai tavoli, finché un uomo con mano ferma mi prese il polso e mi strattonò, intimandomi: "Tre, portami tre birre o ti pesto insieme a tua sorella!". "Non ho sorelle" – gli dissi indifferente, ormai avvezza a minacce di tal fatta. – "Detto ciò, portamene quattro!" continuò lui. La taverna vive di persone tristi attaccate allo sgabello, e anch'io ne vivo in un certo qual modo. Se le scolò tutte senza indugio, solo dall'ultima sfuggì qualche rigagnolo giù per la barba. Son certa ne goderono i pidocchi! "Altre... altre quattro, e ballerai per me", propose l'ubriacone. "Non le reggi altre quattro, mascalzone!", lo provocavo, e lui "Altre cinque, e ballerai per me senza sosta!". Da ogni tavolo in coro si levò il grido: "Scommessa! Scommessa! Balla! Balla, sgualdrina! Non balla se non scoli! Bevile, infame!". Gliele portai una dietro l'altra, con la mano lesta infilai le monete in tasca e lui iniziò a tracannare. La prima, la seconda e alla terza ebbe un sussulto. La torma gli urlava contro, alla quarta aveva gli occhi rossi e lacrimava, sentendo il sapore della sconfitta. Ne mancava solo una. Non riusciva a tenere più il boccale, e a quel punto un paio di burberi gli vennero in aiuto sorreggendogli il fardello, spingendo il bordo del bicchiere fra le labbra e incoraggiandolo: "Butta giù e falla ballare! Un uomo vince le scommesse! Si aprano le danze!". Il vomito rientrava nel bicchiere, che di continuo si svuotava e si riempiva. Un terzo si aggiunse alla comitiva e, spalancandogli le fauci, gli fece scivolare il liquido giallastro giù per la gola. "Vittoria! Donna, mantieni la parola e balla senza sosta!", esultarono. Mi avrebbero linciata se non avessi rispettato lo scommessa, e non ve ne sarebbe stato motivo, giacché mi aggrada assai ballare davanti agli sguardi altrui. Iniziai. Iniziai, e con me tutta la taverna. E nessuno osava fermarsi, la scommessa divenne presto di tutti. Tutti vollero ballare senza sosta. Eh, straniero, non lo sai che a nessuno piace perdere? Nessun uomo o donna ne aveva intenzione, e così per tutta la notte, tra canti e balli, e dopo la luna venne il sole, e con esso si aggiunsero a decine, finché la ragione del ballare si perse già alla prima alba insieme al senno.

Così parlò, invero per nulla in affanno, la giovane danzatrice. Esausti e sbalorditi andammo via da quell'alveare di matti la notte stessa e non vi facemmo più ritorno, rifiutandoci d'esser pagati per quell'obbrobrio.

È passato tanto tempo da allora e i miei ricordi non sarebbero stati così vividi se prima alla solita taverna i musici non si fossero messi a intonare una gagliarda. Ho deciso allora di approfittarne per raccontarvi questa strana, ancorché vera storia. Ignoro la fine degli abitanti di quel posto, eppure qualcuno ancor oggi racconta che i gagliardi danzarono senza sosta per un altro intero mese, financo senza musica, sino a schiattare. Restò solo Frau Troffea, l'assatanata, che vinse la scommessa, mantenendo la promessa.

Niente mare

di Diego Cocco

Niente mare, quest'anno. Il sole rischiara e scalda e dissolve l'incupimento ma niente mare, quest'anno. Seduta sbracciata a controllare la battaglia dell'ombrellone contro il vento, prima della tua. Una, due, tre pagine del libro preferito, una sigaretta, occhi felici e inconsapevoli dietro gli occhiali scuri. Movimenti lenti dei piedi sulla sabbia, a spostare cumuli come fossero progetti per l'anno che verrà: nessun castello, disegni semplici, poche pretese. Francesca, Silvia, Stefania? Il nome non ha importanza. Piuttosto rilevante, invece, impresso a fuoco nella mia memoria è il saluto delle tue compagne di stanza il giorno del funerale; raccolte insieme negli ultimi banchi della chiesa a pesare preghiere e tempo, a dispensare sorrisi forzati da sotto le parrucche, le bandane colorate, le maschere protettive. Cinquant'anni, niente mare.

– Fammi vedere il mio nipotino un'ultima volta, ti prego.

– Lo porteremo quando verranno i clown, così sarà un po' meno dura.

Ma la morfina per una volta, quella sbagliata, ha fatto effetto e tu dormivi, dormivi proprio quando il piccolo Alessandro è salito sul letto per darti un bacio.

– Guarda le foto, guarda, era qui accanto a te appena due ore fa.

Niente mare, solo lacrime salate.

Una persona buona sta provando a riempire questo foglio per te, anche se ti ha incontrata un paio di volte e nulla più. Ricordi. Alessandro compie due anni. Tu seduta a scandire il battito dei piedini sul pavimento il giorno del suo compleanno, indotta senza voglia a confrontarlo con quello del tuo tempo.

Ci vuole tempo, vedrai.

Una vita sola.

Passerà.

Passerà. Mentre tutto diventa troppo grande e insostenibile: un sorriso, il racconto di una storia, la carezza del tuo piccolo amore.

"Come sei cresciuto!" è la frase che dovrai ricordarti di dirgli non appena lo rivedrai, ma da lì dentro è davvero difficile, dal bunker il cielo è nero e aggrapparsi al mondo fuori è cosa dovuta eppure impossibile. I cicli di radioterapia, i cicli di chemio. Qui va avanti una vita parallela, cosa possono saperne gli altri?

Niente mare, quest'anno. Solo l'affetto dei parenti e l'elenco delle ultime cose da fare. Il pensiero fisso del *rivedere*: l'amica del cuore, il primo amore, la tua fotografia con il grembiule della mamma. Mentre l'ora avanza schiacciando e divorando. Che fine faranno le tue povere briciole?

Passerà. Sei tu la prima a smentirli. Hai quasi l'impressione che la finzione acceleri il tempo. Basta. Mostri la tua vita con onore, mostrerai la tua vita unica e meravigliosa finché potrai. E quando chiudi gli occhi per l'ultima volta, nell'aria rimane una forza pura e preziosa, una forza che sostiene e rincuora chi non si rassegna, chi non elabora una ragione, me compreso.

Niente mare quest'anno, ma i prossimi sicuramente sì. Il mio grazie per quell'unico prezioso frammento che hai lasciato intravedere. Adesso è indelebile ricordo.

L'uomo del tram

di Eleonora Pavesi

Era una domenica soleggiata quando Eleonora decise di uscire a fare un giro. Non aveva una meta precisa, forse sarebbe andata a visitare un museo, forse avrebbe solo passeggiato. Si stava dirigendo verso la metropolitana, quando cambiò idea e andò a prendere il tram. Era in arrivo quindi non dovette nemmeno attenderlo.

Era un tram vecchio e fortunatamente sembrava mezzo vuoto; Eleonora salì dalla porta centrale e subito intravide una famiglia seduta nei posti laterali. Con la coda dell'occhio scorse il padre e per guardarlo bene decise di sedersi davanti a loro.

A causa del sole, Eleonora indossava gli occhiali scuri e grazie a essi poté osservare la famiglia davanti a sé. Erano in tre, anzi in quattro. Tre persone e un cane.

Lei era sciatta e doveva avere almeno quarant'anni(?), seduto accanto c'era un bambino, probabilmente era ancora alle elementari, e per ultimo c'era un uomo che teneva al guinzaglio un cagnolino nero.

Eleonora fissò l'uomo cercando di celare il suo sguardo dietro gli occhiali. Assomigliava tantissimo a un attore che le piaceva molto, erano quasi identici, ma era immerso nella quotidianità del suo status di persona qualunque. Era affascinante. Eleonora non riusciva a smettere di guardarlo. Le parve impossibile che un uomo così attraente, almeno ai suoi occhi, potesse stare insieme a una donna tanto insignificante e che, guardandolo bene, avesse fatto un figlio così bruttino.

Eleonora sapeva che se lo avesse fissato in maniera troppo evidente poteva diventare sconveniente, per cui, per evitare di essere eccessivamente spudorata, alternò sguardi furtivi a tutto il tram, oltre che a una compulsiva ricerca di qualche canzone piacevole da ascoltare sul suo lettore mp3.

Eleonora aveva una fervida immaginazione, quindi non poté fermare la sua mente dallo sconfinare in pensieri poco pudichi nei riguardi del bel padre. Doveva essere più verso i cinquanta che i quaranta, presumibilmente avrebbe quasi potuto essere il suo, di padre, e forse questa sua maturità, oltre alla presenza della sua famiglia, lo rendeva perversamente più interessante. Tutte quelle fantasie le facevano venire davvero da ridere. Le sarebbe piaciuto fare qualcosa che lo avrebbe spinto a notarla ma sembrava non essersi nemmeno reso conto che una persona si fosse seduta davanti a lui.

Era troppo intento a tenere a bada il cane che gli girava tra le gambe e a parlare con il figlio. Non aveva lo sguardo molto felice, forse era un semplice modo di essere, anche a lei dicevano spesso che sembrava corrucciata quando in realtà era molto serena, o forse era stressato. Questo Eleonora non lo sapeva, ciò che sapeva era che quello sconosciuto la stava stuzzicando senza che ne avesse idea. Per un attimo si domandò cosa sarebbe accaduto se lei fosse stata più bella e appariscente o se fosse stata vestita in maniera più provocante o magari fosse stata presa in una conversazione telefonica in cui era intenta a raccontare qualcosa di divertente. Magari lui l'avrebbe guardata, invece non la stava proprio degnando di uno sguardo. Il viaggio assieme durò meno di dieci minuti, poi la donna e il bambino si alzarono per scendere, Eleonora sperò che lui rimanesse solo con il cane ma le sue speranze furono tradite nel momento in cui lo vide seguire la moglie e andarsene.

Eleonora fece il suo giro e andò a passeggiare al parco e per tutto il tempo non fece altro che pensare allo sconosciuto. Quando tornò a casa, la sua immagine non era svanita e la notte le fece venire un'idea. Un'idea assurda e malsana.

L'indomani sarebbe andata a cercarlo. In fondo, non aveva un lavoro e viveva da sola, nessuno le rompeva le scatole per come passava le sue giornate, poteva anche dedicare il lunedì alla ricerca dell'uomo misterioso. Certo, di lui non sapeva niente e il fatto che fosse sceso proprio a quella fermata non significava che vivesse in quella zona, poteva essere sceso lì per mille motivi ma, dato che non aveva altre informazioni, avrebbe seguito l'unica pista che aveva.

Come aveva già potuto osservare, lo sconosciuto doveva avere intorno ai quarantacinque anni, perciò era più che probabile che durante il giorno fosse al lavoro, quindi Eleonora aveva pensato di dirigersi in zona intorno a metà pomeriggio. C'era un bar proprio vicino alla fermata del tram, avrebbe passato qualche ora lì sperando di vederlo comparire. Cosa avrebbe fatto se fosse realmente comparso non lo aveva ancora deciso.

Il pomeriggio arrivò. Eleonora si vestì, si truccò di tutto punto e andò al bar, sedendosi all'esterno. L'eccitazione per il suo gesto senza senso le aveva fatto dimenticare di portarsi qualcosa da fare nell'attesa, così passò il tempo guardando la strada, senza successo e con molta noia.

Dopo qualche ora, l'uomo non era ancora comparso ed Eleonora era al terzo caffè. La tentazione di domandare al barista se sapesse se per caso lo sconosciuto viveva in zona era tanta ma non sapeva da dove iniziare, né come giustificare la sua richiesta di informazioni.

Alle 21:00, dopo cinque ore di niente, il barista le disse che stava per chiudere e la ragazza tornò a casa insoddisfatta. Tuttavia, invece di accantonare il progetto decise che ci avrebbe riprovato; stavolta però si sarebbe presentata in zona la mattina. Così se lui fosse uscito per andare a lavorare, lei lo avrebbe potuto incontrare. Il copione del giorno prima si ripeté, con la sola differenza che, di mattina, il bar era molto più frequentato che durante il pomeriggio. Eleonora rimase fino all'orario di pranzo e ordinò un panino pur di poter continuare a occupare quel tavolo che le dava la vista su tutta la piazza. A metà pomeriggio, decise di andarsene.

Tornata a casa meditò sul da farsi. La scelta più ovvia sarebbe stata, ovviamente, smetterla con quella idiozia, eppure qualcosa glielo impediva. Non pensava ad altro che all'uomo che assomigliava a quell'attore che tanto le piaceva. Per cui, decise di giocare duro e il giorno successivo rimase al bar dalla mattina alla sera. Le occhiate dei baristi e la loro ovvia curiosità diventavano sempre più palesi e la ragazza era sempre più tentata di spiegare loro cosa stesse cercando. Il venerdì fu uno di loro a farla parlare.

Il ragazzo che serviva ai tavoli le domandò limpidamente come mai passasse tutto quel tempo lì al bar, per caso aspettava qualcuno? Eleonora lo fissò e decise di provare a darsi un tono, fingendo di essere in uno di quei film in cui donne eleganti passavano ore ai tavoli di un bar senza sembrare delle pazze o senza venire importunate da mendicanti in cerca di una moneta. Perciò gli rispose che stava effettivamente aspettando una persona, un colpo di fulmine, e gli fece una breve descrizione dello sconosciuto. Tanto era già abbastanza ridicola così, raccontare la verità non poteva peggiorare la situazione. Il ragazzo ascoltò e poi disse che avrebbe chiesto se qualcuno nel bar conoscesse la persona che aveva descritto. Ed effettivamente lo fece e qualche minuto dopo tornò dicendole che la descrizione che aveva fatto sembrava dipingere proprio un signore, un padre di famiglia, che viveva in zona. Lo vedevano ogni tanto ma non aveva orari fissi. Questa notizia fece emozionare Eleonora a tal punto che sentì le gambe molli e le venne un'idea ancora più assurda.

Non poteva più permettersi di tornare a casa se voleva incontrare quel tizio. Insomma, tornando a casa avrebbe rischiato di perderlo, per cui decise che il giorno successivo sarebbe rimasta lì anche la notte. Sarebbe rimasta sveglia più di 24 ore e avrebbe passato la notte da sola in mezzo alla strada.

Eleonora perse il conto delle nottate che aveva passato all'addiaccio. Forse furono poche, forse tante, certamente non furono facili. Di notte cercava di rimanere sveglia ma, dato che doveva farlo anche di giorno, qualche volte le capitò di addormentarsi su una panchina e risvegliarsi di soprassalto, sperando di non essere stata rapinata. La mattina andava al bar a darsi una lavata e a truccarsi e poi attendeva. I padroni del locale ormai da un po' dovevano considerarla pazza, ma era una pazza innocua e pagava sempre i conti. Stava lasciando al locale dei bei soldi, quindi non dicevano nulla. Lo stesso cameriere che le aveva parlato la prima volta provò a domandarle se passasse lì anche le notti, ma quando lei lo ammise limpidamente si inquietò a tal punto che smise di chiederle qualsiasi cosa.

Malgrado provasse a lavarsi, Eleonora non si era portata dietro nessun cambio e dormire per strada rese i suoi vestiti piuttosto luridi. Inoltre, non poteva lavarsi i capelli, per cui dopo un po' di giorni era in uno stato pessimo. La parte più fastidiosa riguardava i bisogni corporali, durante il giorno andava al bar, ma durante la notte doveva andare dietro ai cespugli o contro i muri ed era veramente disgustoso.

Dentro di sé, sapeva di stare facendo qualcosa di incredibilmente assurdo. Così assurdo da non essere nemmeno descrivibile, tuttavia non voleva smettere. Non fino a quando non lo avesse incontrato.

Eleonora viveva da barbona per un tempo imprecisato quando accadde. Era seduta sulla panchina, e doveva fare piuttosto schifo dato che aveva piovuto. Qualcuno le passò accanto e le buttò una monetina per terra. Per un attimo pensò gli fosse caduta, poi si rese conto che le stavano proprio facendo l'elemosina. La cosa la offese e la fece riflettere. Era davvero ridotta così male?! Senza esitazione, prese la moneta, alzò gli occhi e chiamò colui che gliel'aveva data, questi si girò e lo sgomento si palesò negli occhi della ragazza. Era lui, era lo sconosciuto. Dopo tanta attesa, dopo tanta fatica, dopo tanta assurdità, lui era lì davanti a lei e le aveva pure dato dei soldi. L'uomo la osservò con uno sguardo interrogativo ma totalmente privo di interesse. Eleonora lo osservò bene, studiò ogni dettaglio di quel viso e di quel corpo con la rapidità di una mangusta che sta puntando un serpente.

Il suo viso era solcato da profonde rughe e i capelli, più grigi che altro, erano leggermente radi all'attaccatura. Lo sguardo era arcigno e anche piuttosto antipatico. Tutto questo si ergeva su un corpo molto secco e abbigliato come un venditore di enciclopedie. Veramente si era invaghita di quello? Veramente aveva fatto tutta quell'assurda messinscena per quello spaventapasseri con la faccia odiosa? Doveva essere pazza. Doveva essere completamente pazza. Pazza e stupida. Eleonora fissò l'uomo, gli si avvicinò e gli piazzò la moneta in mano, dicendogli che quella se la poteva pure tenere. Poi, tornata finalmente in sé, alzò i tacchi e finalmente tornò a casa.

Il bottone rosso

di Agostino Terranova

Una lama di luce penetrava tra i cartoni disegnandogli il viso. L'insistenza della natura, alla fine, l'ebbe vinta e l'uomo socchiuse lentamente le palpebre sugli occhi arrossati. Sulle prime cercò di sprofondare di nuovo nel sonno, si girò, si tirò addosso gli stracci a tentare di coprire e scaldare, si rifugiò sotto i cartoni, ma il freddo pungente lo costrinse a tirarsi su. La specie di sgabuzzino in cui si era rifugiato la notte prima era quasi completamente occupato da lui e dalle sue cose, stipate in sacchetti di plastica dentro un carrello del supermercato tutto sbilenco.

Si alzò, sempre stringendo addosso quella specie di coperta, e dopo poco si decise a uscire dallo stanzino: aveva bisogno di urinare e doveva trovare dell'acqua.

Quando lavorava, in ufficio, dopo pranzo prendeva sempre la sacchetta con spazzolino e dentifricio e andava in bagno a lavarsi i denti. Ora, gli era rimasta come una specie di mania: ogni volta che vedeva una fontanella, tirava fuori lo spazzolino con le setole di plastica consunte e piegate e se lo passava, ormai senza più nessun criterio, sui denti, quelli superstiti. E appena sveglio doveva fare lo stesso.

Percorse cauto il corridoio immerso nella penombra, svuotò la vescica in un angolo, poi intravide, in fondo, la luce entrare da una porta socchiusa. Quando la raggiunse la trovò incastrata nel pavimento. Spinse. Nel varco un po' più largo, vide un lavandino attaccato al muro. Spinse ancora e la porta cedette. La luce abbacinante del basso sole invernale lo investì ma l'uomo strinse solo un po' le palpebre e andò dritto al lavandino con lo spazzolino stretto nella mano.

Quando ebbe finito con i denti, sciacquò il viso, la barba, si asciugò con l'interno della manica e poi si girò.

L'ambiente immenso del capannone semivuoto, con la luce a scendere e scivolare dai finestroni sotto il tetto, gli sembrò una cattedrale, e con lo stesso timore reverenziale che si prova entrando in una chiesa deserta, s'incamminò lentamente.

L'uomo procedeva verso la parte opposta della costruzione combattuto tra il bisogno di tornare a recuperare le sue cose e la speranza di trovare, laggiù in fondo, qualcosa di abbandonato da portar via. A mano a mano che si avvicinava, cercava di capire cosa ci fosse là nell'angolo; intravedeva la forma ma i suoi occhi miopi, anche strizzandoli, gli restituivano solo contorni sfocati. La parola "calcinculo" prese a galleggiargli nella mente anche se lui quel suono non riusciva ad associarlo a nulla.

Poi, a qualche decina di metri dalle strutture sistemate lungo le pareti, si bloccò.

Come se le nuvole nere di un temporale avessero d'un tratto coperto il sole, nel capannone era scesa l'oscurità. Eppure, non si sentiva odore di pioggia, piuttosto percepiva odore di primavera, e anche l'aria gli sembrava più tiepida.

Un brivido gli percorse la schiena, i peli si drizzarono.

Dalla sua piccola mano abbandonata lungo il fianco sentì salire il calore della stretta forte e rassicurante di quella di suo padre. Nel buio della sera le luci colorate illuminavano lo spazio intorno in modo surreale. La folla si muoveva negli spazi allestiti per la festa del paese, le attrazioni, i banchetti, il rumore e la musica in certi momenti diventavano assordanti. Dalle cucine all'aperto giungevano fumo e odore di carne arrosto.

Fermo, accanto a suo padre, guardava con il naso all'insù la giostra girare vorticosamente, le figure sui seggiolini attaccati alle catene rincorrersi, agganciarsi e poi di nuovo allontanarsi, lanciati nel vuoto come schegge. Lui era troppo piccolo ma suo fratello e suo cugino erano là sopra a cercare di conquistare il trofeo per far colpo sulle ragazze.

– Robertino. Robertino, vieni!

Il bambino si voltò, l'uomo girò il capo. Guardarono insieme nella direzione della voce. La donna alla cassa della giostra lo chiamava facendo cenno con la mano. Volse il capo verso l'alto a chiedere con gli occhi "posso?", e come risposta ricevette il sorriso del padre e la stretta della mano allentarsi per lasciarlo andare. Il bambino corse verso la cabina della cassa; l'uomo lo vide entrare, salire sulle gambe grandi e soffici della donna, guardare affascinato le luci colorate del pannello di controllo. Fra poco avrebbe premuto lui il bottone rosso per arrestare la corsa della giostra.

L'uomo tornò a guardare in alto. Suo fratello girava attaccato al seggiolino del cugino, pronto a lanciarlo ancora una volta, l'ultima possibilità di afferrare la coda appesa lassù, sempre un pelo troppo lontana. C'era quasi... ancora mezzo giro... proprio in quel momento lui aveva premuto il bottone rosso e la giostra aveva cominciato subito a rallentare, togliendo al calcio del fratello quel tanto di forza che bastò a far passare le dita del cugino a un soffio dal trofeo.

Mentre la ruota rallentava e i seggiolini scendevano, il buio della sera cominciò a schiarire. La musica e il rumore della gente a farsi più lontani. L'uomo si volse a guardarsi, seduto là al quadro dei comandi, felice, e ignaro della piccola delusione causata ai ragazzi sulla giostra.

La musica, il frastuono, gli odori erano già scomparsi e adesso anche le immagini si stavano lentamente affievolendo.

Roberto... Roberto, afferrale. Non lasciarle andar via.

Incapace di reagire, l'uomo lasciò scivolare nel nulla gli spezzoni di un mondo. Se mai fosse esistito, quel mondo, ora sembrava solo frutto di un sogno sognato in un'altra vita.

Il sole era tornato a illuminare di luce soffusa il capannone di nuovo deserto. I seggiolini della giostra pendevano immobili; sulla destra il palo a cui una volta era appeso il trofeo e da cui ora scendeva solo un troncone di fune che piegava verso la cabina della cassa.

L'uomo guardava in alto e non riusciva a staccare gli occhi da quel pezzo di corda. Nella mente gli passarono in sequenza i gesti immaginati tante volte, finché non si intromise un pensiero estraneo. Fu costretto a distogliere lo sguardo e a posarlo sulla porta aperta della cassa lì a fianco. Si diresse verso la porta, sostò un attimo sulla soglia ed entrò.

Il pannello c'era ancora, non era stato smontato, e anche su quello spiccava, tra gli altri comandi, il bottone di arresto, grande e rosso. L'afferrò con le dita nodose, tirò con forza, deciso, e alla fine riuscì a strapparlo via. Mentre se lo rigirava tra le mani eccitato, si disegnò sul viso un sorriso sdentato di bambino felice. Uscì dallo stanzino e svelto, quasi correndo, prese la via del ritorno.

Era suo. Adesso lo doveva mettere al sicuro con tutte le altre cose. Le sue cose. Poi avrebbe preso il carrello, la sua casa ambulante, e sarebbe uscito a fare i soliti giri.

Quella sera però sarebbe tornato. Sì, doveva tornare lì, perché forse col buio la festa sarebbe durata più a lungo.

La dedica

di Eliana Farotto

Cielo grigio tra i condomini degli anni '60 nella prima periferia milanese. Domenica pomeriggio, una momentanea libertà: una figlia a pallavolo, l'altra con gli amici in giro per le vie del centro, il marito a correre lungo il Naviglio. Era un ottobre mite.

Paola uscì sul balcone e guardò fuori inquieta: nella casa di fronte al terzo piano qualcuno stava stendendo la biancheria, al quinto si intravedeva una televisione accesa oltre la tenda.

Guardò le piante di crisantemi nelle fioriere: dopo un anno finalmente erano apparsi i boccioli, tra un mese margherite bianche e gialle avrebbero colorato il terrazzino. Il piede urtò un vaso facendolo cadere: le dalie erano cresciute, i fiori rossi si erano fatti pesanti, il vaso di plastica era troppo leggero e instabile. Dei vasi in ceramica avrebbero sicuramente dato un tono al balcone, poteva comprarli usati, più economici, al Negozio del Riuso poco distante da casa.

Riciclo e condivisione era lo slogan, in realtà erano cianfrusaglie a poco prezzo.

Raddrizzò le spalle, stirò il collo a destra e sinistra, infilò giacca e scarpe comode, niente trucco, prese l'ascensore e uscì in strada. Percorse il marciapiede costeggiando cancelli e basse siepi sempreverdi, incrociò un cagnolino con la padrona al telefono e una signora con il carrello della spesa di ritorno da un supermercato sempre aperto. Attraversò i giardini e passò davanti a una coppia di ragazzi seduti vicini, sentivano musica da una stessa cuffia, lui appoggiava la mano sui jeans di lei.

Il Negozio del Riuso era uno scantinato, si scendeva per un passo carrabile e si entrava in uno spazio poco illuminato, dall'odore indefinito. A destra c'era il banco dove venivano valutati e accettati gli oggetti da vendere e che faceva anche da cassa per quelli acquistati. Scansò un uomo anziano che si dirigeva verso i vestiti appesi, probabilmente alla ricerca di pantaloni per l'orto o forse di una giacca per un funerale. Non faceva freddo ma una sensazione di umido avvolgeva i numerosi oggetti disposti nel poco spazio. Da una radio in vendita uscivano musica e parole che sovrastavano i passi delle poche persone presenti. Lifegate Radio, le sembrò di capire.

Piatti, tazze, bicchieri, una caffettiera su un tavolo, gli attrezzi da giardino erano a sinistra. Ecco un portavasi di ceramica decorato in blu, decisamente troppo grande per il suo balcone. Uno piccolo ma con pesci in rilievo, troppo marino, non adatto per le dalie.

Delusa, Paola avanzò tra i tappeti, poi si fermò a guardare le pentole in rame e proseguì fino ai quadri appesi.

Ritratti da principianti risaltavano tra nature morte e paesaggi. Niente da fare, un pomeriggio perso.

L'odore dei libri usati le ricordò che forse poteva trovare un giallo da iniziare dopo cena; l'ultima volta aveva acquistato un volume di Costantini e le era piaciuto. Copertine rigide del Club degli Editori, qualche fumetto e stranamente diverse pubblicazioni Adelphi. Quand'era giovane comprare un libro Adelphi significava darsi a letture "impegnate", conoscere autori stranieri appena tradotti in Italia, pronunciare titoli esotici.

Ricordava le copertine color pastello, il primo Hesse, Ambler, ma anche Karen Blixen, Chatwin...

Volumi che aveva letto ma che aveva anche regalato e ricevuto in dono, erano libri costosi e importanti, opere da commentare con chi te li aveva regalate. Diversi libri erano degli anni '80, proprio quelli che lei ricordava, non sempre posseduti, spesso presi in prestito nella biblioteca di zona.

Scorse in basso una copertina giallo ocra, l'autore era Konrad Lorenz, austriaco, studioso degli animali, quanto l'aveva affascinata con le sue storie di oche! Si abbassò, fino a toccare lo scaffale di fronte ai libri con lo zainetto che aveva in spalla. Il legno ondeggiò facendo tintinnare una statuetta etnica. Il quarantenne mal rasato che gestiva lo scantinato si avvicinò a passi veloci per verificare eventuali danni e la squadrò con sguardo accusatorio.

Con aria colpevole, Paola si accucciò e riuscì a sfilare il volumetto, poco più di 100 pagine. *E l'uomo incontrò il cane*, la storia di un'amicizia, per questo l'aveva regalato a un ragazzo del liceo che le piaceva. Si chiamava Marco, era molto più alto di lei, lunghi capelli castani, frequentava la classe di fianco alla sua al Vittorio Veneto. Camminavano insieme fino alla fermata del 90, parlavano molto, sicuramente c'erano stati baci e sfioramenti ma niente di più. Sesso solo accennato, una passione subito sfiorita, c'erano tante possibilità allora, entrambi avevano cambiato partner nel giro di poco. Ricordava solo alcuni episodi di quel periodo, chissà com'era diventato Marco adesso.

Si raddrizzò con il volume ancora in mano per far passare un finto giovane con le Timberland e una borsa nera da palestra diretto verso i vinili.

Girò la copertina impolverata e sulla prima pagina, in alto a destra, riconobbe, scritto con la sua calligrafia: "24.2.84. LA TUA PICCOLA". In maiuscolo, senza firma, inchiostro nero. Si sentì arrossire e si guardò attorno con imbarazzo, nessuno stava badando a lei.

Non era da lei mettere una dedica, si capiva dal fatto che non aveva firmato.

Davvero una bizzarra coincidenza. Probabilmente Marco si era disfatto subito del suo regalo che era passato di mano in mano fino ad arrivare nuovamente a lei in quella domenica pomeriggio di trent'anni dopo.

Nello scantinato non c'era campo, a casa avrebbe cercato Marco su Facebook, gli avrebbe raccontato la sua scoperta, avrebbero riso insieme, magari si sarebbero visti per un aperitivo in Darsena o per un cinema. Doveva conservare la prova per fargliela vedere quando si sarebbero rincontrati.

Pulì il libro con le mani e sfiorò nuovamente i ripiani per raggiungere il bancone prima dell'uscita. Dalla radio si sentivano gli accordi di Foxy Lady, Jimi Hendrix e la sua incredibile chitarra.

Alla cassa era seduto l'individuo che prima l'aveva guardata male, golf pesante e sformato, capelli corti, mani ingrigite dalla polvere. Stava inscatolando dei bicchieri incartandoli con fogli di giornale.

Paola gli porse il libro per chiedere il prezzo, e accennò sorridendogli: – Quanti libri avete oggi! Di solito siete sforniti.

– Quelli? – rispose l'uomo volgendosi verso gli scaffali. – Sono arrivati diversi scatoloni, tutti libri noiosi. È morto di recente un cinquantenne per un incidente d'auto e la ex-moglie ha voluto liberare la casa prima possibile. Cose che capitano... le ho fatto un piacere a ritirare questi volumi così vecchi, speriamo di riuscire a venderli.

I suoi ricordi valevano solo 2 euro e 50. Paola prese il resto, mise il libricino giallo nello zaino e salutò senza fare commenti. Lei non voleva sapere altro.

Si avviò verso casa: quella sera non avrebbe cercato su Facebook, avrebbe strappato la prima pagina con la dedica e messo il volume sulla mensola insieme agli altri romanzi.

Attraversò il giardino che ormai era quasi buio. La coppia non c'era più, le panchine erano deserte. Tirò fuori dallo zaino il libro, lo buttò nel cestino e proseguì verso casa.

E quando arrivi chiama...

di Lucia Di Maro

Diede ancora uno sguardo tutto intorno... No, non aveva scordato niente, poteva andare.

Ma poi pensò di fare un ultimo giro per casa, forse la finestra dello studio era rimasta aperta... Ma no, a posto anche quella.

Doveva andare, tanto lo sapeva che quella telefonata stavolta non sarebbe arrivata.

Negli ultimi anni era rimasta solo lei, sua madre, a chiamarla prima di ogni partenza per farle la solita raccomandazione: – ... e quando arrivi chiama.

Quante volte aveva sentito quelle parole che, come tanti altri, i suoi genitori rivolgevano a lei e ai suoi fratelli in occasione di ogni loro viaggio, lungo o breve che fosse.

E più il viaggio si prospettava lungo, più accorata si faceva la raccomandazione, nella convinzione, evidentemente, che più numerose e oscure potessero essere le insidie.

Così come: – Siamo arrivati... tutto bene... – era l'assicurazione che lei e i fratelli si affrettavano a dare appena giunti a destinazione, immaginando l'attesa ansiosa dei genitori.

Ma dopo suo padre anche la madre se n'era andata ormai da qualche mese e lei, per la prima volta, partiva senza quel rito scaramantico che fino ad allora aveva accompagnato tutte le sue partenze e i suoi arrivi.

Le venne da pensare che forse essere orfani voleva dire proprio questo o anche questo: non avere nessuno da chiamare quando arrivi a destinazione.

Aveva appena richiuso la porta dietro di sé, quando sul cellulare arrivò un sms. Era di suo fratello.

"So che stai partendo... quando arrivi chiama".

Ecco, adesso era tutto a posto, ora poteva partire.

Sola

di Martina Busola

Avevo 16 anni. Mi trovavo in un ospedale o una clinica privata, non lo so, non l'ho mai voluto sapere, l'unica cosa certa era che non ero nella mia città, Verona, ma in provincia di Mantova.

Era stata mia sorella Teresa che mi ci aveva portata, per il mio bene, così mi aveva detto.

Teresa aveva 12 anni in più di me, lavorava e viveva con il suo fidanzato, che faceva il becchino a Goito, al confine tra Verona e Mantova.

Era da poco passato Natale, ero nel letto di quella stanza bianca e verde, da sola.

Stavo rannicchiata, in posizione fetale. Ironico.

Continuavo a ripetermi che me l'ero cercata, che ero stata stupida e incosciente.

I pensieri avanzavano inesorabili, li sentivo nella pancia, forti, intensi. Erano dentro di me, e dalla pancia salivano alla gola, un grosso blocco, un nodo che mi toglieva il respiro, le parole le sentivo chiuse in quel nodo, schiacciate, messe in trappola, avrei voluto urlarle quelle parole ma non uscivano. Poi i pensieri arrivarono alla testa, e giravano, sbattevano di qua e di là, mi tormentavano fino a quando non iniziai a piangere, un torrente in piena che mi diede una piccola tregua.

I ricordi.

Alex era il mio fidanzato, era bello, capelli e occhi neri come la pece. Uno sguardo che mi catturava, mi ipnotizzava, avrei fatto di tutto per lui, lo amavo.
Sapeva farmi sentire speciale, unica.
Frequentavo la terza superiore, non mi piaceva ragioneria. Io avrei voluto fare il liceo artistico ma mio padre non mi aveva ascoltata, come sempre del resto. Lui non ascoltava, non vedeva, non capiva; era un duce, c'erano solo comandi e regole.
Mia madre stava dalla sua parte, troppo stanca per cercare di opporsi o almeno cercare una mediazione.
Le mie due sorelle, Teresa e Maria, avevano 12 e 17 anni più di me. Vivevano con la loro famiglia, avevano la loro vita, incastrata tra lavoro e il tran tran quotidiano.
Io ero sola.
Sola nella mia adolescenza, sola nell'affrontare e scoprire il mondo.
Ricordo che in terza media facevo parte della squadra di pallavolo, ero nella rosa. Quanto mi piaceva! Avrei voluto continuare, fare parte di una squadra vera. Amavo il cartone animato "Mimì e le ragazze della pallavolo", volevo diventare come la protagonista, lo sognavo. Mio padre disse solo: no. Dovevo studiare e fare pianoforte. Ho frequentato per ben 5 anni la scuola civica musicale per pianoforte classico, con solfeggi e scale infinite, tutto questo per farlo contento.
Ero brava ad accontentare le persone, avevo una dote innata: non sapevo dire di no.

Amore, mi piaceva un sacco come parola. Mi sembrava che racchiudesse tutto il mondo, il mondo che volevo scoprire, tutte le cose belle e meravigliose che una ragazza della mia età si aspettava: il principe azzurro, i tramonti infiniti, una vita speciale, abbracci lunghi, carezze, baci. Tutte quelle cose che ti fanno stare bene.

Alex era arrivato come un principe a bordo del suo Bravo.

Ma i miei non dovevano saperlo. Avevo iniziato a dire bugie, a escogitare sotterfugi per poterlo incontrare.

Lui mi scriveva lunghe lettere d'amore, parole dolcissime. Poi per giorni interi non si faceva più vedere o sentire (al tempo non esistevano ancora i cellulari) e io mi sentivo morire, pensavo che mi avrebbe lasciata. Era un tormento, mi mangiavo le unghie e non studiavo, non riuscivo. Poi ricompariva, voleva mettermi alla prova, diceva. Aveva solo due anni più di me ma lui era già maggiorenne. Non andava a scuola, aveva frequentato solo le medie, e non lavorava, era un perditempo. Ma io ero pazza di lui. Anche le mie amiche dicevano che era bellissimo e che ero fortunata.

Si aprì la porta della stanza, entrò l'infermiera che mi fece un prelievo di sangue e mi lasciò il contenitore per raccoglicrc le urine, mi disse che mi aspettavano al terzo piano per farmi l'elettrocardiogramma. Uscì. Presi il contenitore e andai in bagno, feci quello che dovevo fare, mi lavai le mani e alzai lo sguardo. Lo specchio stava riflettendo il mio volto, ero io, ero stata un'ingenua. Speravo che la mia immagine riflessa mi potesse dire qualcosa, ma ci guardavamo e basta. Il dolore che provavo lo sentivo in ogni più piccola parte del mio corpo. Un rimorso, grande, che mi gonfiava il cuore quasi fino a farlo scoppiare, e il battito continuo, frenetico, di un tamburo impazzito che mi faceva sussultare.

Uscii dal bagno e mi infilai le ciabatte, dovevo andare al terzo piano. Presi l'ascensore, c'erano due signore con due grandi pance, mi guardarono e io abbassai lo sguardo, non ero in grado di sostenere il loro. Finalmente arrivai, terzo piano, feci l'elettrocardiogramma e poi ritornai nella mia stanza. Sola.

I ricordi.

Ero la principessa di casa, lo dicevano tutti. Era solo apparenza: bei vestiti, buona scuola e una famiglia per bene. Ricordo che una volta avevo cercato di spiegare a mio padre di cosa avessi bisogno; qualcuno con cui confidarmi, qualcuno con cui parlare, di poter avere i miei spazi, e non solo di come andava a scuola o di cosa avevo mangiato. Lui mi disse che stavo vaneggiando, che mi dovevo dare una regolata. Cosa volevo di più?
Avevo le mie amiche ma in certe situazioni, per quanto possano starti vicine e consolarti, senti che non basta-no, serve un adulto che ti possa sostenere, consigliare e guidare.
Io ero sola.

Il dottore entrò nella stanza, mi sorrise e mi disse che a breve sarebbe venuta l'infermiera per prepararmi. Mi disse: – Tranquilla – e se ne andò.
Certo, tranquilla, come no. Avrei voluto scappare, tor-nare indietro nel tempo e cancellare, cancellare tutto. Tre-mavo, avevo paura, sentivo l'angoscia che mi avvinghiava il torace e stringeva a ogni respiro sempre di più.
I ricordi.

Alex mi chiese la prova d'amore e io gliela diedi perché mi sentivo pronta.
Andavo a fare i compiti in soffitta e lì, io e Alex ci in-contravamo, fu lì la nostra prima volta. E non fu nulla

di speciale ma io mi sentivo al settimo cielo, ero sua, mi ero donata completamente a lui.

Ogni volta che ci incontravamo e che facevamo l'amore, lo annotavo sul mio diario segreto con un enorme cuore, rosso fuoco. Lo amavo molto.

Poi, dopo qualche mese, una mattina scendendo le scale di casa per andare a scuola, sentii una forte nausea e vomitai la colazione. Successe anche il giorno dopo, e il giorno dopo ancora. Pensai che avevo anche saltato il ciclo, comprai in farmacia un test di gravidanza, la sentenza fu inequivocabile: ero incinta.

Mi sentii all'interno di un vortice, trasportata fino all'orlo di un precipizio e sotto l'oscurità. Sentivo che il mio corpo stava per cadere, pesante, mentre la mia anima veniva avvolta nel buio infinito. Nero, nero ovunque, come se qualcuno avesse giocato con quel colore, stendendo pennellate forti che avevano coperto i colori della vita. Mi accasciai e presi la testa fra le mani, cosa avrei fatto ora?

Serena, la mia migliore amica, urlò quando glielo dissi. Mi chiese se avevamo usato precauzioni, dissi che Alex praticava sempre il coito interrotto, che mi aveva assicurato che era sicuro al 100%. Evidentemente non era così.

Non facevo più colazione a casa, avevo detto ai miei che preferivo portarmi da mangiare qualcosa a scuola.

Lo dissi ad Alex e lui, senza battere ciglio, rispose che dovevo abortire.

Andai su tutte le furie, lui non poteva decidere per me, questa volta non lo avrei permesso, anche perché il bambino era mio e suo, il frutto del nostro amore.

Avevo 16 anni, non sapevo davvero cosa fare, ero combattuta. Non dormivo più la notte. Non potevo dirlo ai *miei genitori, potevo scappare però, si ma dove? E con chi? Il mio corpo stava cambiando e sentivo che qualcosa stava crescendo in me, qualcosa di vivo che mi parlava e mi diceva "ehi sono qui".*

Mi recai in un consultorio, dissero che potevo parlarne con le mie sorelle. Bene, avrei dovuto affrontarle. Eravamo sedute intorno al tavolo, in sala da pranzo, a casa di mia sorella Maria, e mentre sua figlia Elsa di 5 anni giocava con le costruzioni, dissi che ero incinta. Lo dissi in un secondo, soffocando quasi la parola. La reazione fu terribile, mi sentii investita da parole dure e vere che mi ferirono profondamente. Piansi, mi sentivo piccola, piccola e inutile.

Ero stata incauta, era vero, ma non solo, ero anche immatura. Ma una ragazza a 16 anni non è grande, deve crescere e se non ha nessuno al suo fianco che l'accompagni nel cammino, cosa deve fare?! Io ero sola! E loro non c'erano.

Io mi ero fidata di Alex, che stupida.

Mi abbracciarono, e io piansi, un pianto mesto.

Non mi chiesero cosa volevo fare, dissero solo che l'unica soluzione era abortire.

In fondo al mio cuore lo sapevo che non potevo fare diversamente, ma facevo fatica ad accettarlo.

Teresa organizzò il tutto, il giorno di Natale spiegò ai miei che mi avrebbe portata a Mantova per passare qualche giorno insieme durante le vacanze.

Mi sembrava tutto così surreale.

Si aprì la porta della stanza, mi portarono una bottiglietta d'acqua.

Avevo gli occhi stanchi, pesanti, volevo chiuderli in modo da poter spegnere i pensieri e dormire per dimenticare. Mi toccai la pancia, ero al secondo mese e io quel bambino lo sentivo. Avevo capito che non sarei stata in grado di occuparmene.

Certo, se avessi avuto qualcuno al mio fianco che mi avesse istruita, educata all'amore, sulle conseguenze, sui rischi, sono sicura che tutto questo non sarebbe mai accaduto. Ma ero sola.

Entrò l'infermiera, mi depilò la zona inguinale, mi fece indossare il camice verde e mi portò in sala operatoria, mi infilarono l'ago nella vena. Ricordo una luce accecante e poi il nulla...

Quando mi risvegliai, mi trovavo nella camera bianca e verde, sola. Era tutto finito. Sentivo un vuoto. Una parte di me non c'era più.

Arrivò mia sorella Teresa a prendermi, con in mano la ricetta per delle gocce contro un'eventuale emorragia interna.

Quella sera, a casa sua, venne a trovarmi Alex. Era arrivato in motorino da Verona.

Appariva preoccupato. Mi abbracciò a lungo, non disse nulla, io nemmeno, ma in quel momento capii che la conseguenza della sua e mia immaturità era stata terribile, non si poteva porre alcun rimedio, le scuse non bastavano e nemmeno i suoi occhi neri.

Avevo affrontato tutto da sola e sola sarei rimasta.

Lo lasciai dopo una settimana.

"Fallo uscire il dolore, altrimenti ti spezzerà il cuore"

Ecco, l'ho fatto uscire.

Errore di gioventù

di Emma Luciani

Era il 1973. Una notte di marzo.

Di lui, nessuna traccia. Sparito dall'appartamento, anche dalla città, sembrava. Gli amici dicevano di non averlo più visto né sentito da più di due mesi.

Giovanna sembrava avere una maschera dolorosa appiccicata alla sua faccia normale: un condensato di ansia, amarezza, delusione, sconforto, persino delle rughe precoci sulla fronte, e il mascara colato lungo le guance.

Si era rifugiata a casa nostra nel tardo dopocena, in lacrime, ansimante. Aveva con sé una grossa valigia di stoffa scozzese e una coloratissima tracolla di tela indiana. I suoi lunghi orecchini d'argento tintinnavano ogni volta che muoveva la testa. M'infastidiva, devo ammetterlo, quel suo vezzo di inclinare lateralmente il capo scuotendo ripetutamente i lunghi riccioli rossi, che sembrava fatto apposta per provocare il suono metallico dei piccoli gingilli. Mi era sempre parsa una ragazza un poco strana, a dire il vero. Contraddittoria, irrequieta: emancipata e ingenua al tempo stesso, a volte baldanzosa, altre incerta e spaurita. Alternava periodi di isolamento cupo ad altri di eccitata cordialità. E tuttavia riusciva a studiare, pur con ritmi più lenti dei miei. Appena entrata, mi aveva mostrato il portafoglio contenente pochi biglietti da diecimila lire: aveva venduto un mobile di legno pregiato per pagare l'ultimo mese di affitto. E ora? Non sarebbe certo tornata a casa dai suoi, in quelle condizioni! Suo padre l'avrebbe uccisa, se avesse saputo... Avrebbe dovuto dunque raccontare bugie? Dire che stava studiando? Che non sarebbe tornata a casa per le vacanze perché aveva troppi arretrati da smaltire? Che si era slogata una caviglia? Ma no: si sarebbero preoccupati, avrebbero capito. E prima o poi avrebbero dovuto sapere. E allora come avrebbe fatto a vivere, visto che non era il momento migliore per trovarsi un lavoro?

I miei incoraggiamenti generici non convincevano neppure me, dilaniata com'ero tra una posizione comprensiva ed empatica e un'altra di fastidio e disapprovazione; figuriamoci se potevano arginare la foga delle sue lamentele e lo straripare delle sue paure, o distoglierla dal sacro terrore delle reazioni famigliari. Mi limitai ad ascoltarla pazientemente. Parlò per più di un'ora, ininterrottamente, tra lacrime, sguardi disperati e mutamenti improvvisi di registro sonoro, con penosi lamenti trascinati da tonalità basse ad acutissime. Quando infine cedetti alla mia curiosità irritata e, in un tono di biasimo che non riuscii a dissimulare, le chiesi che cosa mai l'avesse attratta in lui, lei sospese inaspettatamente il pianto, sollevò d'impeto il capo (facendo tintinnare gli orecchini), ebbe negli occhi un guizzo di luce maliziosa e, con una reazione che trovai incongrua e inaspettata, a voce pressoché normale e persino accennando un sorriso, dichiarò placidamente: – Mi faceva ridere! Mi faceva ridere tanto!

La faceva ridere. Alle mie orecchie serie di ragazza studiosa che diffidava delle passioni fugaci, quelle parole risuonarono scandalose e disarmanti. Santo cielo, avevamo ventitré anni, non più quindici!

Già. Solo ventitré anni immaturi, e la mia reazione di rabbia acerba non fu certo d'aiuto. Riprese a singhiozzare.

Situazione drammatica, senza dubbio. Per Giovanna, ma anche per me, che, accettando infine di ospitarla nella mia stanza, mi sarei dovuta sorbire tutta la faccenda e le sue conseguenze. Discutevamo sottovoce nell'ingresso angusto del vecchio appartamento di Bologna che dividevo con altre quattro ragazze; e mentre le altre dormivano, noi fumavamo e piangevamo, perché Giovanna era incinta di cinque mesi, perché non avrebbe più dato alcun esame di Medicina, perché aveva il terrore del futuro e sapeva che i suoi l'avrebbero presa malissimo, e si era sentita così esposta alla critica e al giudizio che non aveva detto niente neppure a me, che, nonostante le enormi differenze di temperamento e di stile di vita, ero la sua confidente.

O forse aveva taciuto perché davvero, come asseriva, non era mai stata convinta di poter restare incinta, e pensava che, se davvero lo fosse stata, avrebbe di sicuro avuto un aborto spontaneo. Sua madre ne aveva avuti sei. O chissà che altro. Ed eccoci là, nel cuore della notte, a parlottare, riflettere, fumare.

Una delle altre ragazze si era alzata, la sentimmo aprire il rubinetto in cucina. Tacemmo, ascoltammo il lieve tramestio, in attesa. Poi, inesorabilmente attratta dalla luce che filtrava sotto la porta chiusa del salottino d'ingresso, lei venne a sbirciare. Eravamo in penombra, al lume di un paio di candele che ci facevano da accendino tra un mozzicone e l'altro. L'aria era irrespirabile.

– Qualunque cosa sia successa, vi concedo il diritto a respirare… Bleah, è terribile! Dai, aprite la finestra e venite in cucina, ci facciamo una camomilla.

Le demmo retta e la seguimmo.

– Perché non dormi? – le chiesi.

– Perché Mauri non si fa trovare, e a casa sua non sanno dove sia: o gli è successo qualcosa o se ne frega di me e ha deciso di lasciarmi. Sono troppo nervosa, non so cosa pensare... – Giovanna e io ci scambiammo uno sguardo eloquente. Tutti uguali. Irrimediabili. Ma si trattasse solo di un appuntamento mancato?!... Noi eravamo ben oltre.

– E voi due che avete combinato?

"Diglielo" la implorai con gli occhi e con un cenno della testa. Poi, ad alta voce: – Dài, ormai...

– Sono incinta – sussurrò lei.

– Oddìo... ehm... bello, no? – fece lei, mentre arretrava un poco, portandosi una mano all'altezza del cuore, in un misto di enfasi e turbamento.

Ci trovavamo in un appartamento di Comunione e Liberazione. Percepii chiaramente che lo sconcerto era stato mascherato da esultanza con l'intento di neutralizzare eventuali tentazioni abortistiche.

– Bello un corno! – esplose Giovanna, rimettendosi a piangere.

– E... pensi di... – fece Mariella.

– No, non penso di abortire perché sono già di cinque mesi...

– E... – incalzò lei, in una tonalità più aperta, sensibilmente rasserenata.

– ... E no, non c'è nessun padre, non lo vedo da tre mesi, si nega al telefono o fa dire che si è trasferito, che è andato a lavorare in Svizzera...

Mariella prese una sigaretta dal mio pacchetto, l'accese al fornello su cui aveva messo un pentolino d'acqua e inspirò una lunga boccata.

– Era tutto così bello... – biascicò tra le lacrime Giovanna. – Lui mi dava un tale senso di leggerezza... E quando stavamo insieme mi diceva di non preoccuparmi, che ci pensava lui a stare attento, mi faceva apparire tutto semplice, allegro, innocuo...

Si soffiò rumorosamente il naso in un tovagliolo a quadretti bianchi e blu

***

Le notti insonni, l'anno che seguì, furono molte.

Giovanna volle che assistessi al parto. In quanto studentessa di Medicina, non mi fu difficile ottenere il permesso. Poco prima che le arrivassero le spinte, i nervi le cedettero. Si agitava, gridava, implorava che la aiutassimo a scendere dal lettino. In quattro ci facemmo attorno a lei, tenendola, parlandole, confortandola, aiutandola a riorganizzare pensieri, respiro, spinte... Pomeriggio tremendo, carico di tensione e di preoccupazione per tutto il personale che l'assisteva, me compresa. E finalmente Lisa nacque, sana e bellissima, strillando subito come una forsennata.

Nessuno della sua famiglia era venuto e nessuno si fece vivo nei quattro mesi successivi. Avvisati telefonicamente dalla figlia, non manifestarono la minima emozione: avevano deciso di punirla con un crudele silenzio indifferente. Così, col fagottino tra le braccia, la nostra amica tornò ad abitare con noi nel vecchio appartamento di via delle Belle Arti. Lei e io continuammo a condividere la stanza, arrangiandoci tra bagnetti, poppate, passeggiate, infiniti cambi di pannolini, bucati, termometri, visite pediatriche e interminabili chiacchierate, sicché i miei studi subirono un sensibile rallentamento. Giovanna aveva perso il suo aspetto baldanzoso, i suoi modi provocatori e anticonvenzionali; si era addolcita, teneva ritmi più regolari ma si era rivelata molto fragile, timorosa e dipendente. Ad autunno inoltrato, capimmo che era arrivato il momento di forzare l'atteggiamento rigido dei famigliari, lavorare a un riavvicinamento, proporre la sistemazione di mamma e bimba presso di loro. Del resto, come le altre ragazze, anch'io avevo i miei progetti, bisognava che pensassi al successo dei miei studi, al mio futuro. Nessuna di noi se la sentiva di vivere più a lungo con una giovane madre, insicura e spesso inspiegabilmente triste, e la sua bambina così piccola: erano entrambe troppo bisognose di sostegno, di attenzione, di presenza. Tutte quante ci offrimmo di fare da mediatrici presso i genitori di Giovanna e fu così che, quando la bimba aveva quattro mesi, madre e figlia lasciarono Bologna per tornare nelle Marche. I nonni della piccola tentarono inizialmente di mantenere un contegno severo e distaccato ma la loro rigidità durò ben poco. Erano soliti usare l'espressione "errore di gioventù" per designare la condizione di madre nubile della loro "sprovveduta figliola".

Sotto il guanciale, la sera della partenza della mia amica, trovai i suoi orecchini d'argento, assieme al primo paio di calzini della piccola Lisa.

***

Vidi Giovanna raramente, gli anni che seguirono. La sentivo talvolta al telefono e dopo la mia laurea e l'inizio del lavoro in ospedale i contatti si diradarono ulteriormente. Venni a sapere che si era sposata. Mi dissero in seguito che aveva lasciato la bambina ai nonni. Che poco tempo dopo si era separata. Che aveva cominciato una lunga serie di ricoveri, perché soffriva di una depressione fredda, che la spegneva giorno dopo giorno. Allora la cercai. Andai a trovarla, qualche volta, nelle cliniche e negli ospedali che pian piano divennero la sua casa: era irriconoscibile, smarrita, rallentata. I suoi bei capelli rossi apparivano sbiaditi, opachi e incorniciavano un viso pallido, smunto, reso statico e inespressivo dagli psicofarmaci. Mi parlava con uno strano distacco di improbabili progetti di viaggi e di avventure. Mai più un cenno al ragazzo che l'aveva illusa. Neppure del matrimonio, del marito, della separazione, mi parlava. Della figlioletta diceva che stava bene, con i nonni, perché lei non era adatta ai compiti materni. Poi, a cinquant'anni, alla chetichella, se n'è andata per sempre.

***

È passata una vita, da allora, mia povera Giovanna. I tuoi mi hanno cercato quando Lisa si è laureata, proprio a Bologna. C'era bisogno di abbracciarsi e abbracciare i ricordi, gli sbagli, tutto quanto il dolore, e perdonare, perdonarsi, ritrovando la pace.

Esulteresti all'udire la storia che sto per narrare. O forse fremeresti di rabbia, protestando per l'ingiusta mancanza di sincronicità tra i desideri e il coraggio? Non lo so.

Fatto sta che un giovedì del mese scorso, alle nove di sera, tua figlia mi ha raggiunto per telefono. Sarebbe venuta a Bologna con la famiglia, la settimana successiva. Ci siamo date appuntamento a casa mia, in via Santo Stefano. Era felice, voleva raccontarmi "qualcosa di bello", così si è espressa, "finalmente una storia a lieto fine, rara e preziosa", che aveva custodito per mesi in seno alla sua bella famiglia.

Com'è diversa da te! Bionda e minuta, i grandi occhi verde acqua, si presenta discreta e riflessiva, parla in toni ovattati, quasi temesse di disturbare con la sola presenza. Comincia a raccontarmi che un pomeriggio della scorsa estate, sulla spiaggia di Senigallia, si era sentita osservata da un uomo dai capelli grigi e gli occhi verde acqua. Uno di quegli sguardi magnetici che si avvertono a distanza e che non possono essere ignorati. Il marito e i bambini non avevano colto subito il turbamento che l'aveva investita. All'inizio, solo un leggero sconcerto. L'uomo si era allontanato, aveva volto lo sguardo altrove, sembrava voler andare via. Lo sconcerto, nell'animo di tua figlia, divenne una curiosità inspiegabile, morbosa. I bambini, tranquilli e ignari, mangiavano il loro gelato mentre la loro mamma si avvicinava al marito per sussurrargli qualcosa circa quell'uomo, che le era parso strano: curioso, intimidito e alquanto famigliare al tempo stesso...

All'improvviso, come richiamato dai pensieri di lei, lui tornò indietro, a grandi passi decisi. Si presentò, nome e cognome, tendendo la mano. Fu una stretta impacciata, esitante. Le labbra dell'uomo tremavano mentre fissava la giovane donna con un'intensità buona e commossa.

– È un'ora che la osservo, ehm, mesi fa ho preso informazioni su di lei, su di voi; ho saputo che avete qui una casa di vacanze, e avevo bisogno di vederla, di incontrarla, prima che sia troppo tardi... – Non finì la frase, la voce si spezzò, gli occhi si riempirono di lacrime.

I bambini, confusi, si strinsero alla mamma, in silenzio, colpiti dall'immobilità dei genitori, muti accanto a un signore sconosciuto, che aveva estratto da una tasca il fazzoletto e si asciugava le lacrime.

– Da un paio di anni mi sono messo a cercare le persone della mia giovinezza – continuò lui. – Sapete, con l'età si ha voglia di riallacciare i fili interrotti... – Abbozzò un sorriso sghembo, veloce. – Ma non è solo questo. Non sono mai stato in pace con me stesso, mai più, da quando sono diventato un uomo maturo... Ho commesso un errore imperdonabile... Io... volevo ritrovare Giovanna... Su Facebook ho trovato il suo cognome, ho fatto scorrere molte foto di donne, ma non ho trovato la sua... Mi sono poi imbattuto nel viso famigliare di una giovane donna, che portava il cognome di Giovanna, e aveva questa massa di ricci biondi, e due occhi verdi, e allora ho capito, ho capito...

– Mamma, chi è? – aveva chiesto il bimbo più grande a voce bassa, timidamente, alzandosi sulle punte per raggiungere l'orecchio della madre. Il papà rimediò all'imbarazzo: – Vi presento un signore che voleva conoscerci e ci cercava da tempo... Ora però andiamo in un bar, non si parla tranquilli qui all'aperto...

Il racconto proseguì al riparo da sguardi indiscreti e curiosi, interrotto da pause di silenzio e tuffi al cuore. Ogni dubbio sulla veridicità delle rivelazioni dell'uomo, sulla sua identità, era fuori discussione, tuttavia il disagio era grande; nessuno dei tre adulti era pronto a gestire la strana situazione. Ciascuno restava dunque fermo al proprio posto, trattenendo prudentemente, non senza sforzo, ogni irrompere di emozioni, riflettendo sulle domande possibili e quelle inopportune. Nessun contatto fisico, quel primo giorno, se non la formale stretta di mano: lo stordimento era per tutti quasi paralizzante.

Per tutto il tempo i bambini furono eccezionalmente autorizzati a giocare con i cellulari di mamma e papà, finché Lisa non propose di continuare il giorno dopo: la confusione emotiva era grande, c'era bisogno di lasciar decantare le reazioni.

Anche quella fu una notte di insonnia, per tutti e tre gli adulti coinvolti.

– Mi chiedo ancora – disse il giorno seguente quel signore, turbato, – che cosa l'avesse attratta di me: ero uno scavezzacollo, un disperato, senza voglia di studiare, senza progetti... Che cosa può aver trovato in me? E soprattutto, potrò mai rimediare alla mia enorme leggerezza? Qualche anno dopo la cercai ma quando seppi che stava male, che era ricoverata, commisi un altro errore, mi lasciai travolgere dalla paura... Sono stato vile... – E, rivolto alla figlia: – Potrai mai perdonarmi?

***

Tacevo, gli occhi umidi e uno strano peso sul petto. Il tè, che nessuna di noi due aveva bevuto, si era raffreddato nelle tazze. E anch'io mi sono raffreddata bruscamente quando mi è arrivata quella domanda: – Che cosa li aveva avvicinati? Ti ha mai detto niente la mamma? Ti parlava di lui?

No, Giovanna, non c'è bisogno di alcuna confessione. Lo conosco io sola il motivo dichiarato della tua scelta e ho il potere di cancellarne l'inconsistenza, la fatuità. Lasciamolo sbiadire e svanire del tutto, davanti al prepotente affermarsi di un legame che sfida il caso e l'incoscienza della giovinezza. A tua figlia ho detto semplicemente che eri tanto innamorata di lui e che una notte abbiamo condiviso, emozionate, la scoperta della tua gravidanza.

– Ma dai, la mamma non mi voleva, l'ho sempre saputo. Non solo il papà ma neanche lei: per me ha dovuto cambiare la sua vita... Sono stata un semplice incidente, non addolcirmi la pillola, tanto ormai me ne sono fatta una ragione...

– Non dire mai più questo – le ho intimato. – Tua madre ha nascosto la sua gravidanza per cinque mesi nel timore che qualcuno le consigliasse di abortire... Credimi, ti ha voluta, anche se non si sentiva capace di farti da madre. E adesso goditi il regalo inaspettato che la vita ti fa!

– Vorrei che fosse qui – ha detto allora lei, abbracciandomi. – Questa gioia immensa vorrei condividerla con lei... Vorrei che potesse gioire come non ha mai fatto... Mi rincresce che siamo state così distanti...

– Non è colpa di nessuno. Tua madre ha fatto quello che poteva, era ammalata, non cattiva, lo sai. E tu hai avuto bisogno di proteggerti dalla sua depressione tenendoti un poco lontana...

Un'allegra scampanellata ci ha interrotte: il marito di Lisa e i bambini sono arrivati, chiassosi e di ottimo umore, il cane al seguito, e io ho tirato fuori il gelato, lo spumante e l'aranciata.

– Il nonno ha detto...

– Il nonno ha promesso che... – cinguettavano eccitati i bambini, scaraventandosi sul divano, a fianco della madre, e facendole rovesciare il tè sulla gonna.

– Ma dov'è?

– Qui sotto, volevamo chiederti se può salire anche lui.

Lisa mi guarda, ci sorridiamo, va ad aprire il portone.

– La nonna oggi sarebbe molto contenta – ho detto loro, mentre staccavo una foto di Giovanna dal vecchio album del periodo universitario.

– Tenete, bambini, regalatela al nonno.

Nell'immagine dalle tinte sbiadite, la loro nonna sorride lontana, seduta su uno dei gradini davanti a San Petronio, e saluta con una mano, inclinando leggermente la testa riccioluta, mentre un paio di colombi le zampettano accanto.

(da una storia vera)

Mi chiamo Maria e forse sto morendo

di Marianna Guida

Mi chiamo Maria, ho cinquantaquattro anni e forse sto morendo. Corro verso la cucina o, almeno, credo di farlo. L'intenzione è quella di mettermi in salvo, perché sto avvertendo un senso di costipazione all'altezza della gola, l'intero torace sembra essersi ristretto dentro una morsa e i battiti del cuore sono rintocchi di campana. Le luci che vedo nel corridoio sono fioche. Ho il fiato che sembra spezzarsi in gola, il respiro ansimante accorcia i pensieri che affollano la mia mente in questa corsa che mi sembra eterna. È la corsa verso la luce che filtra dalla porta accostata, il mio movimento è tutto contratto dentro questo desiderio di vincere il senso di solitudine gelido che sto avvertendo. Sto morendo? Devo assolutamente chiederlo a mia madre, avvicinarmi a lei entrando nel tepore degli odori che si sprigionano dalle pietanze che lei ogni giorno prepara. Devo capire se questo tumulto che sento nel cuore lo avverte anche lei, se questo rimbombo che sento pulsare fin sulla punta delle dita lo può ascoltare anche lei, se questo spasmo doloroso che artiglia le mie tempie sia visibile pure a lei.

Gli ultimi passi sono faticosi, maledico questa gamba più corta che mi ha sempre reso più lenta rispetto agli altri, più instabile, più timorosa del selciato dissestato, delle buche insidiose che per gli altri erano solo un inciampo veloce dal quale riprendersi riguadagnando la stazione eretta, mentre per me erano l'orlo di un precipizio e una caduta sicura. Ho i calzettoni arrotolati alle caviglie, incurante dell'attenzione con cui mia madre mi veste, con la gonnellina scozzese e le scarpette basse. I calzettoni cadono proprio come succede a tutti i bambini impegnati a correre e a giocare. Solo che a me partecipare a questi giochi è impossibile. La gamba che mi trascino dietro lascia dei solchi sottili sull'acciottolato, linee geometriche chiare solo a me, perché delimitano la mia solitudine. A me arrivano gli schiamazzi dei bambini che giocano per la strada come un gridio che può solo amplificare il mio senso di esclusione.

– Marì, miettet 'a sciarpa che fa fridd, tu sì malata – mi sento dire da mia madre ogni mattina, anche quando i primi tepori portati dalla primavera fanno pian piano alleggerire l'abbigliamento degli altri bambini e delle mie sorelle.

Cappelli, sciarpe e guantini si ammonticchiano nel mobile dell'ingresso, mentre io sono costretta a indossarli ancora. Tutti guardano la mia gamba più corta e sottile e io quello sguardo lo sento come un marchio o un disegno fatto con la matita indelebile. Sono nata per miracolo, come si dice a Napoli. Nessuno avrebbe scommesso sulla mia sopravvivenza. Facce preoccupate e dubbiose di medici che si affacciano sulla culletta come uccelli appollaiati su un ramo che scrutano il mondo dall'alto, inclinando la testa con un moto meccanico. Ho già la tosse e l'aria mi manca. Sono costretta a cercare il respiro ovunque si possa nacondere nella culletta rosa.

L'espressione di mamma è arrabbiata o, forse, solo ansiosa quando mi dice: – Marì, non correre. Con quel moncherino di gamba dove ti avvii? – ogni volta che mi concede di uscire con le mie sorelle.

Gli altri bambini li guardo senza provare invidia, perché non so cosa signifìchi correre sentendo il peso egualmente distribuito sulle due gambe.

– Nun t'avvicinà a quel gatto, è pericoloso – dice mio padre, quando usciamo tutti insieme la domenica.

E io li ascolto, convinta che tutte queste prescrizioni nascano dal naturale istinto di protezione che porta qualsiasi genitore a difendere la prole. Non me la sono mai presa per questo modo di fare così brusco dei mei, così come ho tralasciato ogni sguardo compassionevole che sentivo poggiarsi su di me, come se si trattasse di una carezza pesante o come un panno bagnato gettato addosso.

Sono cresciuta e a vent'anni mi sono ritrovata a specchiarmi. Ero bella, anche con quella zoppia che mi sbilanciava sul lato destro. Tam tam tam, ecco i colpi che rimbombano nella cassa toracica. Sono io davanti allo specchio, ho vent'anni e ho sciolto definitivamente le trecce nere dell'infanzia. Non ho tempo per riflettere sulla mia vita e su tutte le restrizioni che hanno reso la mia adolescenza una prigione; ho solo voglia buttarmi pure io, come tanti altri ragazzi di questi primi anni Settanta, nella giostra febbrile dell'esistenza. Su una sedia ci sono dei pantaloni a zampa d'elefante che ho da poco comprato e una maglietta di cotone con tanti fiori festosi stampigliati sul tessuto. Con questo abbigliamento e con i capelli finalmente sciolti ho conosciuto lui. Si chiama Fabrizio, ha cinque anni più di me e si trova qui a Napoli perché fa il poliziotto, ma vorrebbe tornarsene a Udine, dov'è nato.

Un'altra immagine si sovrappone a quella precedente: siamo in una stanza d'albergo del corso Secondigliano e mi vedo agganciata a lui nel mio primo abbraccio. I panni ce li siamo tolti in un unico gesto, per cui il mucchietto gettato a terra sembra una specie di animale dai contorni indistinti. La luce che gli avvolgibili lasciano passare crea un chiaroscuro che mi rende possibile essere nuda su quel letto, avvinghiata all'uomo che, lo so con assoluta certezza, con la vividezza delle rivelazioni che non hanno bisogno di logica, è quello che ricorderò per sempre, anche quando non ci sarà più nulla che, anche soltanto vagamente, possa ricordare il nostro legame. Lui mi accarezza i capelli e mi bisbiglia all'orecchio che io sono la sua stella polare, la sua luce nel bosco.

– Voglio stare con te per sempre. Verrai con me a Udine e lascerai questa famiglia di carcerieri.

Io lo guardo, ha gli occhi talmente azzurri e limpidi che mi sento quasi di credere a quello che sta dicendo e annuisco con vigore.

Quando litigo io cammino tutta sbilanciata a destra perché quella maledetta gamba mi fa gli scherzetti, soprattutto quando sono emozionata.

– Io voglio che resti qui – gli grido in faccia, mentre sento che il rossore affiora sul viso, non chiamato. Lui mi si affianca e mi afferra un braccio.

Non ha alcuna difficoltà a raggiungermi e a bloccarmi, con la stretta della sua mano sul braccio. Mi sta facendo male ma decido di non dirglielo perché ho sempre paura che se ne vada per sempre. Ho uno spillo in bocca. Le labbra sono serrate, lo sguardo è leggermente corrucciato, fino a formare una rughetta in mezzo alle sopracciglia, concentrato sull'operazione che sta assorbendo tutta la mia attenzione. Sto prendendo una piega alla gonna della mia vicina che, come altri amici e parenti, si rivolge a me per questi piccoli aggiusti. Sono brava con il cucito, ho l'occhio capace di cogliere ciò che gli altri vedono solo quando il vestito è finito. Io il vestito lo vedo prima, con le sue pieghe, se deve essere dritto o a campana, se deve essere blu oppure rosso. Ho imparato in fretta e adesso, con la bella Singer che i miei mi hanno regalato, confeziono abiti e faccio pieghe. Ma solo quando ne ho voglia. I miei vogliono, invece, che io faccia la sarta perché ho bisogno di un'occupazione. Lo vedo bene che mamma è preoccupata, teme di morire prima di me, ma questo non me lo dice, perché lei difficilmente fa discorsi lunghi. È, invece, sempre impegnata in qualche occupazione in casa. Indossa un grembiule teso sulla pancia prominente e il suo stesso agitarsi dentro la cucina è un continuo muoversi, con una nuvola di farina che le aleggia attorno. Eccola quindi già pronta all'attacco quando qualcuno la fa arrabbiare. Si affaccia al balcone e, le mani poggiate sulla ringhiera, apostrofa senza tanti giri di parole il vicino del piano di sopra colpevole di aver fatto cadere delle briciole. La marcata intonazione napoletana non ammette alcuna possibilità di replica. La preoccupazione è circoscritta alla mia sola persona, alla figlia che, con le sue malattie, ha sovvertito la sua semplice nozione di normalità. Proprio per questa sua sollecitudine nei miei riguardi l'ho ascoltata e ho studiato da sarta. Sono brava, forse perché le competenze motorie, scarsamente sviluppate negli arti inferiori, con quei piedi che spesso non riescono a calibrare la lunghezza del passo da tenere, si sono tutte condensate nelle mani, piuttosto abili nel confezionare qualsiasi manufatto. Per cui non ho tentennamenti quando devo tener fermo il lembo di stoffa sotto l'ago della macchina da cucire. Stendo la carta velina sul tavolo e, mentre le forbici percorrono velocemente il foglio, nella mia testa è già evidente il disegno complessivo che l'abito assumerà. In quei momenti sono felice. Interrompo il lavoro solo per affondare il cucchiaio nel barattolo di Nutella che è sempre accanto a me. Quanto mi piace il dolce! Ma poi mi capita anche di non riuscire a finire il lavoro nei tempi prescritti e un'ansia cattiva mi divora, costringendomi a rallentare i ritmi.

Con il tempo ho imparato a dare sempre meno importanza a quello che gli altri pensano di me. Il cuore spesso fa le capriole, proprio come succede all'atleta che scompostamente lancia in avanti la gamba destra, poi la sinistra come se queste si disancorassero dal corpo.

Mi spavento per la corsa forsennata che prendono i battiti. La gamba spesso mi fa male, e proprio allora penso a Fabrizio, finito chissà dove. Adesso che sono una signora di mezza età, avverto una voglia fortissima di sperimentare situazioni in cui possa di nuovo sentire il cuore battere, nonostante il suo tamburellare mi faccia anche paura. Non ho niente da perdere e così esco la sera, tiro tardi e non m'importa di beccarmi la bronchite asmatica. Voglio andare a ballare, nonostante la gamba corta mi saboti costringendomi a sedere al tavolino di una discoteca piena di afrore di corpi e di luci intermittenti. Finalmente fumo le mie sigarette, quelle la cui nicotina ero costretta ad aspirare come una ladra nel bagno, spaventata a morte che i miei genitori potessero scoprirmi e farmi l'ennesima scenata. Adesso non m'importa se questo pacchetto di sigarette mi accorcerà la vita, se questa uscita che sto facendo con queste nuove amiche mi farà ammalare di nuovo. Voglio vivere ma sono saggia quando ascolto le loro storie d'amore. Sono saggia perché la gamba più corta e la malattia cardiaca mi hanno insegnato che la vita è una corsa lieve.

Mi vedo al tavolo della cucina (finalmente ci sono arrivata), mentre sorseggio il caffè. Ci metto tutto il languore di cui sono capace perché il caffè mi piace pieno di zucchero. Ne metto tanto nella tazzina, mentre l'amica che è di fronte mi guarda divertita e anche un po' scandalizzata.

– Il caffè va bevuto quasi amaro, altrimenti non senti il sapore.

Ma che male c'è a zuccherarlo con tre cucchiaini? Che male c'è a finire in due giorni un barattolo di Nutella? Quando finalmente entro nella cucina, vedo il mio barattolo, quasi intonso, mentre avverto che la forza mi sta venendo meno e che i battiti, la cui corsa mi era sembrata tanto forsennata fino a un attimo prima, si stanno attutendo, fino a diventare un unico tonfo. Sullo sfondo c'è mia madre col suo eterno grembiule teso sulla pancia. Mi sta dicendo qualcosa ma io già non sento più niente. Sono solo contenta di averlo aperto quel barattolo. Il mio ultimo barattolo di Nutella.

Morte qualunque di un uomo qualunque

di Giuseppe Raineri

Sì, sono io una delle due persone pacificamente adagiate nella bara.

Non la signora visibilmente molto più anziana, quella sommersa di fiori e circondata di corone funebri, subito dopo la porta d'ingresso.

L'uomo, quello in fondo alla stanza, molto più sobrio.

Le altre sono ovviamente tutte persone in visita.

Grazie per il suggerimento, direte voi, da soli non avremmo capito la differenza.

Invece, oltre all'aria contrita, all'espressione compassata che già sarebbero segni sufficienti per minimizzare la differenza con noi due, morti veramente, il loro essere ancora vivi non sembra giustificare quanto siamo veramente diversi; sono solamente morti ambulanti. Le loro idee al pari delle loro cellule non si rinnovano alla velocità di un tempo e sono più quelle che muoiono di quelle che nascono per sostituirle.

Ma, quel che è peggio, trascinano le loro esistenze nella ripetizione infinita degli stessi gesti, degli stessi pensieri, tutti i santi giorni.

Come faccio a saperlo? Direte ancora voi. Ora lo vedo, anche quando escono da qui. Prima potevo solo immaginarlo; si trattava di speculazioni, di intuizioni, di sensazioni epidermiche non corroborate da fatti e da prove inconfutabili.

Ammetto tuttavia che una differenza innegabile ci sia tra noi e loro; loro si reggono sulle gambe e possono ancora muoversi in autonomia, decidere di prendersi un caffè e credere di essere pienamente padroni della loro vita, noi, io e l'altra signora, siamo immobili con le mani legate dalla corona di un rosario.

All'inizio pensavo che mi avessero messo le manette e c'ero rimasto un po' male all'idea di presentarmi nell'aldilà, nel caso esistesse, in stato di arresto.

Non so se l'avete notato, guardate bene il mio collo e il foulard. Non è per un vezzo estetico che lo indosso, ma il colletto della camicia non era sufficiente a coprire i segni.

A differenza della mia compagna di camera, la mia non è stata una morte naturale.

Diciamo che ho forzato un poco la mano alla natura, con una corda.

Quel signore fermo davanti a me non lo conosco, non ricordo di averlo mai visto prima.

Forse è venuto per rendere omaggio al cadavere dell'altra e già che c'era ha pensato bene di spendere una preghiera anche per me.

In questi casi una preghiera non si nega a nessuno. Se sapesse!

Mi sta dedicando un po' del suo tempo nel tentativo di immaginare chi fossi e come abbia vissuto e quale tragedia abbia, magari bruscamente, interrotto il mio.

È curioso come condividere la stessa stanza per più giorni e soprattutto per più notti non susciti scandalo, vista la promiscuità della situazione.

Un uomo e una donna che non si sono mai incontrati prima, ora si trovano a dividere una camera, spesso soli e a porte chiuse.

Ovvio, direte sempre voi, che male volete che ci sia in questa convivenza forzata visto che siamo entrambi cadaveri in procinto di decomporsi e tornare polvere per nutrire la madre terra. A parte i modi di dire, io di madre mi ricordo quella mia, oddio mi sembra di ricordarla perché da quando sono qui ho l'impressione di perdere progressivamente la memoria di parti significative della mia vita.

Oltretutto, sebbene conservi un poco del suo fascino, ora solo parzialmente sfiorito, la signora è decisamente più anziana di me; da lei mi separano un bel numero di anni e al limite potreste essere autorizzati a pensare che io sia uno di quei perversi che provano attrazione verso persone molto più anziane. Credo si chiami gerontofilia e non è proprio un modo dignitoso di avere cura e rispetto dei vecchi.

Nulla di tutto questo; ora e nel mio stato nemmeno si trattasse di una giovane e splendida modella, un'icona della bellezza assoluta potrei mai fare qualcosa che non sia guardarla, ammirarla, goderne estasiato, ma in senso strettamente platonico.

È veramente strano che pensi a queste cose nella situazione in cui mi trovo; non avrei mai creduto di essere ancora sensibile al fascino femminile, ma è come se ammirassi qualcosa di semplicemente bello, un oggetto che mi piaccia, un'opera d'arte, senza secondi fini, neppure quelli più onesti e casti. Mi sento libero di apprezzare quello che percepisco come non lo sono mai stato nella mia vita, senza la zavorra di imbarazzanti bufere ormonali.

Al punto in cui sono, mi ero immaginato un'atmosfera completamente diversa o addirittura il nulla.

Invece sembra tutto apparentemente normale anche se vedo non visto, parlo senza essere udito e mi sento parte di un'assemblea di defunti come me, che non provano nulla, che non hanno bisogno di nulla, ma pensano, pensano incessantemente; ne percepisco la presenza con leggerezza, senza per altro vederli.

L'unica con cui parlo è proprio lei, l'altra ospite della camera mortuaria.

Potremmo farlo anche durante le visite di cordoglio dei visitatori, tanto nessuno se ne accorgerebbe, ma preferiamo fare quattro chiacchiere quando rimaniamo soli e le luci vengono spente; per noi buio o luce non fanno alcuna differenza e nemmeno abbiamo bisogno di muoverci.

È sempre lei che prende l'iniziativa e non appena le porte vengono chiuse a chiave e rimangono accese solo le deboli luci dei lumini ed è sicura che nessuno possa più disturbarci, lancia un lungo sospiro che segna l'inizio delle sue esternazioni.

È ossessionata da quello che ci succederà dopo e le poche ore che ci separano dall'ultimo atto della cerimonia funebre stanno progressivamente accentuando le sue preoccupazioni.

Cosa ne posso sapere io di quello che proveremo dopo?

Lei sarà tumulata in un colombario, io cremato.

Ci renderemo conto di tutto quello che ci succederà?

Lei soffre di claustrofobia, io sono terrorizzato dalle scottature da quando, piccolo, mi rovesciai addosso una pentola di acqua bollente di cui porto ancora i segni su gambe e braccia. Tutto casuale o pena del contrappasso?

Ora che ci penso, chi mai mi ha detto cosa ci aspetta e che fine faranno i nostri corpi? Eppure, sono sicuro di quello che dico. Lo so e basta.

Annoiato da queste angosce, preferisco portare la discussione su altri temi.

Le nostre vite passate. Gli amori, le delusioni.

La signora, Clara si chiamava in vita, ha avuto tanti fidanzatini e un solo uomo.

Io poche fidanzatine e nessuna donna.

Quando ritorno con la memoria a quegli incontri, penso con nostalgia che si sia trattato di grandi occasioni mancate che hanno sfiorato il culmine di un sentimento per un nonnulla; l'incertezza di un attimo, una titubanza apparentemente insignificante hanno comportato esiti di natura sostanzialmente diversa da quelli che potevano essere.

A volte uno sguardo ignorato di proposito, un gesto appena accennato e poi soffocato, un rimandare di poco possono significare lo stravolgimento di una vita intera.

Sono le sensazioni disattese e le aspettative deluse che segnano il corso degli amori.

Ricordo ancora o mi sembra di ricordare, come un gesto quasi di pietà e di rispetto mi si sia ritorto contro quando dopo tanti approcci respinti, mi trovai a tu per tu, finalmente soli io e *****.

Si lasciò spogliare con gesti lenti e misurati, senza opporre alcuna resistenza lasciandomi pregustare la sensualità dell'attesa, che a momenti sarebbe dovuta esplodere in una passione incontenibile.

Proprio a questo punto, con il desiderio di entrambi giunto al culmine, bastò un suo gesto naturale e pudico insieme a separarci con l'effetto dell'esplosione di una bomba che lancia lontano dal suo epicentro ogni cosa.

Lo sguardo abbassato, un braccio a coprirsi il seno e una mano il pube mi instillarono un senso di pietoso riguardo per colei che mai fino a quel momento aveva conosciuto un uomo e si abbandonava a me con fiducia mista a una naturale flebile paura.

Non andai oltre per il peso di un meschino senso della responsabilità di profanare qualcosa di sacro.

Il mio ritrarsi venne letto invece come un rifiuto, una mancanza di coraggio e fece naufragare la nostra relazione, come solamente può fare una tempesta improvvisa con una nave e tutti i suoi marinai, a cui segue la bonaccia che sigla il ritorno alla normalità.

Nulla farebbe presagire il naufragio se non fosse per i pochi resti che galleggiano sulla superficie di un mare ormai tranquillo.

Mi ricordo poco o nulla di quello che successe subito dopo ma non ci cercammo né ci vedemmo mai più, senza un chiarimento, nemmeno l'ombra di una cinica, dolorosa spiegazione.

Una mancata coincidenza di pensieri e gesti nel tempo e nello spazio bastò a perderci per sempre.

Clara è curiosa di sapere se con altre femmine abbia avuto più fortuna, forte dell'esperienza e della maturità che avrò pur raggiunto nel frattempo.

Di lei è facile arguirlo, intendo la fortuna e i successi affettivi, perché la camera è affollata di figli, figlie, ben cinque in totale, il marito, tutti i nipoti che potrebbero formare una squadra di calcio comprese le riserve, tutti afflitti e provati nel loro dolore, parenti e amici in abbondanza.

Parenti stretti io non ne ho, ero figlio unico di genitori figli unici a loro volta e già anziani di dentro e di fuori.

Nella mia vita ho inanellato solo mezzi successi, il che è quasi peggio che subire chiari fallimenti perché così ti dissolvi nella melassa della mediocrità e vieni dimenticato in quanto né vincitore né perdente.

Amatissimo, ma dalle possibili future suocere, mi accorsi di rappresentare l'ancora di salvezza, l'affidabilità, la sicurezza per tutte le donne che mi trovai a corteggiare e per le quali nutrii qualcosa che poteva assomigliare a un sentimento serio che sarebbe potuto sfociare in un progetto matrimoniale, tutto potevo essere eccetto che il destinatario della passione. Ciò che mi rimaneva era il surrogato di un amore che al più era affetto, un piccolo passo oltre l'amicizia. In verità rappresentavo solo l'approdo sicuro dopo la tempesta della follia amorosa, della vertigine dei sensi, dello sbandamento vissuto con altri uomini monogami, ma solo per un tempo limitato e a volte nemmeno per quello.

Insomma, ero considerato un'accettabile soluzione alla volontà di dare vita finalmente a una famiglia come se, dopo i bagordi e il deragliamento dai lunghi e dritti binari della morale e dei sani costumi, fosse finalmente giunto il tempo di mettere la testa a posto.

In una possibile classificazione dell'universo maschile che lo vede rigidamente diviso tra elementi di prima scelta e da ultima spiaggia, mi ritrovavo dolorosamente da solo sull'arenile a giocare con paletta e secchiello.

Era come vivere in un mondo a parti rovesciate, subendo quello che molte donne avevano a loro volta sopportato dagli uomini; credevo di pagare io solo il fio di tutte le loro colpe.

Puntigliosamente, non mi adattai mai al ruolo dell'uomo tutto d'un pezzo, quello giusto al momento giusto, una volta passata la bufera della passione, della spensierata follia concessa sempre e solo ad altri.

Essere la valida alternativa alla trasgressione, l'uomo affidabile dopo che la donna di turno avesse deciso di incamminarsi lungo la via del rigore, si rivelò una condizione di ripiego inaccettabile e mi spinse a preferire la solitudine negli affetti all'umiliazione di un compromesso prima di tutto con me stesso.

Forse si trattava solo di una meno eroica resa di fronte alla sconfitta e all'impossibilità percepita di non essere in grado di sovvertire la situazione.

Tutto questo è ormai il passato.

L'hanno portata via poco fa, ma da parecchio ormai, da che siamo in questa stanza, non proferiva più parola, non faceva domande.

Come si chiamava? Sto perdendo contatto con tutto quello che mi circonda. La velocità della regressione è chiarissima, conservo pochi brandelli di memoria.

Mi aspettavo un tribunale, il giudizio finale, una condanna, l'assegnazione di una destinazione, invece nulla di tutto questo.

Non mi sento né solo né abbandonato, né triste né felice.

Forse il mio inferno è il nulla, il non essere considerato, e non il dolore eterno come temevo.

Vedo sempre più offuscato, si sta alzando quella cosa... come si chiama? È fitta, spessa e non mi permette di vedere nulla attraverso.

Allungo queste cose che escono da me, quante sono? Due? No, quattro, due sopra e altre due sotto. Sono avvolto in un involucro. Lo tocco. È soffice, caldo e mi comunica sicurezza e protezione. Fluttuo al suo interno.

Mi abbandono serenamente a questo dolce tepore, trovo naturale entrare in contatto con questa protuberanza, la più corta di cinque altre, quattro o cinque? Cinque. È parte di me, mi rilassa e ha un buon sapore. È tutto troppo lontano. Non c'è luce.

Poi, poi più niente.

Briciole

di Samuele Cornalba

Tommaso correva ormai da un mese. I suoi piedi colpivano pesanti il terreno, come se volesse calpestare con forza la propria ombra. Non era un allenamento, procedeva finché la milza non tirava pugni nel fianco, i polmoni non graffiavano contro le costole, il cuore non feriva le orecchie a forza di martellii.

Era mattina e gli alberi tacevano. Una lattiginosa nebbia di fine settembre si era incastrata tra i fili d'erba del parco, mentre un pallido grigiore imbrattava il cielo. Tommaso non ascoltava mai la musica quando correva, aveva già fin troppi problemi a zittire le grida rapaci della propria mente.

Quando sentì il respiro incollarsi esausto alla gola e i muscoli delle gambe indurirsi sfiniti, decise di fermarsi. Si gettò su una panchina arrugginita protetta da due pioppi. Sotto i suoi piedi, il terriccio umido. Sopra i suoi capelli, il cielo sbiadito. Si accartocciò nella felpa molle di sudore.

– Tutto bene?

Tommaso staccò lo sguardo dalle suole delle sue scarpe. Seduta accanto a lui c'era una donna anziana che non aveva minimamente notato quando si era avvicinato lì. Aveva occhiaie lunghe, la pelle del suo viso pendeva come un elastico sfibrato.

– Sì.

– Dovresti correre più piano o finirai col farti male.

Aveva un corpicino spento, i capelli troppo lunghi per una signora della sua età e occhi molli come il muschio di ottobre.

– Già – sputò Tommaso tra un rantolo e l'altro.

– Una giornata uggiosa, eh?

Indossava un golfino blu scuro. Le mani erano piccole e le dita gonfie di vecchiaia.

– Sì.

– Pensi di riuscire a formulare una frase di almeno due sillabe?

Quel commento pizzicò l'orgoglio del ragazzo. Sospirò. Tommaso trovava estenuante parlare con le altre persone. Era un'attività che lo prosciugava. Per interi minuti nessuno aprì bocca, il respiro del giovane si fece regolare.

– È complicato... selezionare le parole. – Il suo tono di voce era poco più di un sussurro, come se temesse di non aver scelto il termine corretto.

– Cosa intendi?

– C'è solo un vocabolo adatto a una determinata situazione, ed è difficile trovarlo.

Si scostò i capelli biondi appiccicati alla fronte, i suoi occhi erano sbiaditi come il cielo. Rimasero in silenzio, intrappolati nell'indecisione del non sapere cosa dire, poi lui si alzò pronto per tornare a casa. Rimboccò le maniche della felpa e si assicurò che nella tasca posteriore dei pantaloncini ci fosse ancora il portafogli. Stava per riprendere la corsa, quando la vecchia gli chiese:

– Come ti chiami?

– Tommaso.

– Oh... anche mio figlio si chiamava così.

Quelle parole si infilzarono nelle orecchie del ragazzo.

– ... Lei?

– Isabella.

– Anche mia sorella si chiamava così.

Il cuore stanco della donna venne dolorosamente punto da quell'affermazione. Strinse le mani sulle ginocchia stropicciando la gonna di cotone grigio topo, lui le dava le spalle.

– Ti va di fermarti un po' qui con me?

Tommaso volse lo sguardo verso la panchina.

– Dai, siediti ancora qui, c'è abbastanza ruggine per entrambi.

Il sudore si appiccicava alla pelle di Tommaso. Si sentiva troppo pesante, come se i suoi muscoli fossero divenuti fasci di pietra. Da quando si era seduto era stato assediato da un torpore micidiale.

Sbadigliò.

– Perché mi guarda così?

– Hai un modo strano di sbadigliare, sembra quasi un... un...

– Uno scricchiolio?

– Esatto, proprio così: uno scricchiolio.

– Lo diceva anche mia sorella.

Spesso Isabella faceva ridere Tommaso di gusto, nonostante molte volte non comprendesse il perché di tanto divertimento. Sembrava che al fratello bastasse sentirla parlare per essere felice, ed era così. La bambina non dissezionava ciascun termine come il ragazzo, ne ignorava l'anatomia creando accostamenti che lui trovava esilaranti. La prima volta che aveva paragonato il suo sbadigliare a uno scricchiolio, Tommaso era stato spezzato dalle risate.

– Aveva un modo tutto suo di parlare, lei. Mi divertiva un sacco sentire come usava le parole, le sgorgavano in modo spontaneo.

– Quanti anni aveva?

– Dieci e otto mesi.

– ... E otto mesi?

– Sono importanti i mesi, me lo rinfacciava ogni volta.

– Capisco... era giovane.

– Già, troppo.

– E tu quanti anni hai?

– Diciannove e tre mesi.

– Sei giovane anche te.

– Già, troppo.

Uno starnuto di vento fece rabbrividire le foglie ingiallite dei pioppi.

– Ti manca?

– ... No.

– Non sei bravo a mentire. Dopo un po' capisci quando qualcuno dice una bugia.

– Non è una menzogna...

– Sicuro?

– Sono io che manco a lei.

La conversazione si interruppe. Il respiro di Tommaso si era fatto nuovamente affrettato. L'anziana si sistemò i capelli e prese a osservare la trama del cinturino di oro rosa del suo orologio.

– È morta un mese fa. Leucemia infantile. – La frase gli si incastrò fra i denti, poi scivolò in un bisbiglio. Non gli piaceva portare avanti una conversazione ma era stato più forte di lui, come se dovesse sussurrare violentemente a qualcuno ciò che gli era successo.

Dalle labbra della vecchia colò un insulto aspro che gocciolò nel latte della nebbia.

– Mi dispiace. Immagino quanto ti abbia fatto male.

– Meno che a Isabella.

La donna studiò con lo sguardo il diciannovenne, come se sulla sua pelle fossero segnati gli indizi per comprendere fino in fondo ciò che diceva.

– Quindi corri per smaltire il dolore?

– Ho solo bisogno di muovermi. Quando corro riesco a sfuggire al veleno dei miei pensieri.

– Ti ho visto mentre arrivavi qua. Avanzavi in maniera feroce, come se volessi calpestare qualcosa.

– Già.

Ormai il loro discorso procedeva così: frasi troppo corte e silenzi troppo lunghi.

– Ha mai letto Il Giovane Holden?

– Due volte.

Alzatosi, Tommaso portò la mano alla tasca posteriore dei pantaloncini. Tirò fuori il suo portafogli di pelle nera, lo aprì e si mise a cercare tra biglietti del treno timbrati, banconote sgualcite e monetine annerite. C'erano anche alcuni fogli piegati più volte. Ne estrasse uno.

– Pagina 45, capitolo 5 – disse porgendo la pagina strappata a Isabella.

L'anziana afferrò il foglio sottile quasi quanto la sua pelle. Vi erano alcune sottolineature storte e aggressive, come se tentassero di incidere nella carne la storia di Salinger. Strizzò gli occhi cercando di leggere nonostante la miopia.

Cominciò a recitare le frasi segnate con voce tersa ma intinta di rammarico: – Mio fratello Allie aveva questo guanto da baseball da esterno mancino. [...] Poi è morto. Gli è venuta la leucemia ed è morto mentre eravamo nel Maine, il 18 luglio 1946. Vi sarebbe piaciuto, lui.

I pioppi ora stormivano. Il giovane si era messo a grattare con l'unghia dell'indice la ruggine della panchina. Aveva seguito il brano mimando con le labbra ciascuna parola. Cominciava ad avere freddo.

La vecchia girò la pagina e proseguì: – Certe volte a cena gli veniva in mente qualcosa, e allora attaccava a ridere così forte che per poco non si ribaltava dalla sedia. [...] La notte che è morto ho dormito in garage, e quei vetri li ho spaccati a pugni, così perché mi andava. [...]

Ogni tanto la mano mi fa ancora male, quando piove e via dicendo... Lontano, il sole cercava di sciogliere le nuvole ma rimaneva seppellito nel cielo bigio. L'anziana restituì il foglio a Tommaso, che lo prese come se si trattasse di un'antica pergamena dal valore inestimabile. Poi cominciò a strapparlo. Lo fece a brandelli con la calma e la solerzia dell'assassino. Dai movimenti delle lunghe dita del ragazzo traspariva una rabbia silenziosa nei confronti di Salinger, lui, che si era permesso di scrivere cose tanto crudeli e intime. Quando terminò, riunì tutti i pezzetti nella mano sinistra. Esitò, come se temesse di aprir bocca e rivelare un segreto proibito, poi sollevò il palmo verso la vecchia.

– Io sono fragile e mi sto sbriciolando. Ogni passo, ogni respiro, ogni parola, io perdo qualcosa di me. Non riesco più a tenere insieme i pezzi.

Si mise a camminare davanti alla panchina, lasciando dietro sé brandelli di carta.

– Sopravvivo da un mese senza mia sorella, come... come un Hansel solitario che segna la strada con le briciole. Forse per rintracciare la via, forse per farmi trovare. Corro ma Isabella non c'è più. Ti sarebbe piaciuta, lei, sarebbe piaciuta a tutti, e invece non piacerà più a nessuno. – La voce gli si sporcò di malinconia. – A dieci anni non si perdono i capelli. A dieci anni e otto mesi non ci si ammala di leucemia. A dieci anni, otto mesi e due giorni non si può morire. E io mi consumo. Spargo pezzi di me, finché non rimarrà solo questo: BRICIOLE! – urlò gettando il resto dei frammenti di carta al suolo, come per saziare un mostro famelico. – Briciole... – sussurrò mesto.

– Io le vedo le tue briciole. Vedo la scia che hai lasciato venendo qua. Ti stai consumando. A dieci anni non si muore e a diciannove non ci si sbriciola. Quello che hai vissuto è ingiusto e crudele, ma il dolore rischia di renderti egoista: tu riesci a vederle le mie briciole?

Tommaso rimase colpito dalla prontezza della signora e da quanto la sua risposta fosse affilata. Osservò Isabella che si chinava ad afferrare uno dei pezzetti della pagina.

– Se mio figlio fosse ancora vivo sarei nonna. E come nonna vorrei raccogliere tutte le tue briciole e prendermene cura. Vorrei prendere quel coccio di fiducia tradita, quella manciata di notti passate a piangere e quelle schegge di pensieri cattivi conficcate nel terreno. Ma sai cosa ti dice la vita?

Il ragazzo mosse piano la testa facendo segno di no. Isabella si mise in piedi andandogli incontro scricchiolante di articolazioni. Gli sembrò incredibilmente vecchia in quel momento. Lei gli porse il frammento di carta che aveva raccolto prima, e ne citò le parole: – Chi se ne frega. – Si umettò le labbra trasparenti. – Le persone sono più preoccupate per il calcio che le mie ossa devono assumere piuttosto che della tua sorellina. Tu lanci briciole coprendo quelle degli altri e nessuno le raccoglie. Si ammassano come cumuli di foglie secche. Nessuno è interessato alla tua storia triste.

Quelle parole trafissero Tommaso da parte a parte.

– Prima lo capirai e meglio sarà.

I loro occhi si incrociarono. Le sembrò dolorosamente giovane in quel momento.

Un piccione tubava, un ragno cadeva e una mosca si puliva le ali. L'erba cresceva e gli uomini morivano. Tommaso era seduto con i gomiti premuti contro le ginocchia e la mascella serrata. I grandi occhi sbiaditi erano puntati sul mondo. Osservava e catalogava ogni particolare mentre il suo cervello masticava lentamente le parole della vecchia. Non un commento addolorato, non una frase di conforto. Ma forse era meglio così.

Una cimice cercava di alzarsi agitando impazzita le zampine. La scena gli ispirò una domanda: – Isabella... lei crede in Dio?

Le rughe sul viso della signora parvero stupite.

– Credo in quel lombrico che sta strisciando e in quella cimice che se non si alza entro poco sarà morta. Credo nella pressione troppo alta del mio sangue e nella miopia dei miei occhi. Credo nella tomba di mio figlio e nell'auto che l'ha ucciso insieme alla sua fidanzata. Credo in mio marito e nel liquido della flebo che scorre nel suo sangue, e credo che presto in casa mia ci saranno più morti che vivi. Credo nella solitudine, quella non ti abbandona mai. Credo nelle tue briciole. Credo in Dio? Non lo so, lui crede in me?

– Mia sorella avrebbe sorriso alla sua risposta, l'avrebbe trovata tanto divertente quanto insensata. A lei piaceva andare in chiesa. Cantava anche abbastanza bene e ogni sera sussurrava le sue preghiere al cuscino, preghiere per gli altri. Anche in ospedale.

– E tu? Tu credi in Dio?

Tommaso esitò cercando le parole adatte.

– Non ne faccio mai una questione... personale. Ascolto ciò che mi raccontano gli altri e poi decido. Così sono più oggettivo.

– E cosa deduci dalla mia risposta?

– Solo questo: ha mai letto Chiedi alla Polvere?

– Da giovane era il mio libro preferito assieme a Uomini e Topi.

– Pagina 104, capitolo 11 – disse il ragazzo porgendole un'altra pagina estratta dal portafogli nero. Isabella si schiarì la voce. Questa volta le sottolineature erano più regolari, quasi d'assenso.

– Dio era un porco, un miserabile bastardo, e non avrebbe mai dovuto combinarle uno scherzo del genere.

Scendi giù dal tuo paradiso, Dio, scendi che ti spacco la faccia, maledetto buffone. Se non fosse per te, questa donna non sarebbe così conciata e tutto il mondo andrebbe sicuramente meglio...

La vecchia ripiegò il foglio espirando pesantemente.

– Lo sai vero che per insultare Dio devi crederci?

– John Fante credeva in Dio?

– Nella letteratura sicuramente.

– Non la pensa come il protagonista?

– No. Arturo Bandini è Arturo Bandini, io sono io. Tu sei tu, e sei furente. Ti ho già detto che capisco quando menti, non nasconderti dietro la pagina strappata di un libro.

– ... lei non è arrabbiata?

– No.

– Perché?

– A che scopo? Mio figlio è morto e io sono viva. Mio marito sta morendo e io ho le ossa deboli. Cosa dovrei fare? Lasciare un biglietto con scritto "seppellitemi a faccia in giù" così da poter mangiare la terra una volta nella tomba? Così da mordere il cuore del mondo e rimproverarlo per quanto sia stato crudele con me? Tu cosa vorresti fare?

– ... Io... non lo so.

– Vorresti sgridare la morte e prendere a pugni Dio? Se c'è una cosa che i miei 84 anni di vita mi hanno insegnato, è che quando ti arrabbi le tombe echeggiano di risate.

Il ragazzo rimase immobile e concentratissimo, come se stesse cercando di decifrare un antico canto alieno. I frammenti della pagina 45 del Giovane Holden erano diventati molli e umidi come il terreno. Alzandosi dalla panchina, si scoprì esausto e affamato. Le scarpe da corsa lasciavano sibilare il freddo tra le dita dei piedi.

– Devo andare.

– Bene. Non lasciare più briciole in giro.

– Ci proverò.

– E non correre in modo così selvaggio.

– Forse.

– Hai ripreso la pagina di Chiedi alla Polvere?

– Sì.

– Hai ricominciato a parlare per monosillabi?

– Già.

Le labbra della vecchia si schiusero in un sorriso meravigliosamente vecchio.

– Ciao Tommaso.

– Ciao Isabella. E grazie.

Il ragazzo imboccò la direzione opposta a quella da cui era arrivato, fiancheggiando i pioppi del parco. Isabella rimase seduta sulla ruggine della panchina ancora un po'. Teneva lo sguardo basso. Per terra, la cimice non era riuscita a rialzarsi, era immobile. Immobile e morta.

Lo scherzo

di Gabriella Sabbioni

Betta camminava nel vicolo faticando a reggere l'altrui passo, un passo sostenuto e cadenzato, che si accompagnava al ticchettare delle scarpe coi soprattacchi consumati tanto da scoprire i chiodini che li reggevano.

Il vicolo era buio, stretto e, stranamente, di quel giorno Betta ricorda che un raggio di sole infiltratosi tra i tetti dei palazzi cinquecenteschi colpì i loro corpi vicini nel cammino, mano nella mano.

Se fosse questo l'incipit di un romanzo rosa o di una fiaba suonerebbe come presagio di chissà quali meravigliosi accadimenti... ma invece, tornando con la memoria a quegli attimi dopo tanti anni, quel raggio di sole fu per Betta una lama d'acciaio che attraversandola dilaniò senza pietà l'unico, fortissimo legame maturato nella sua breve vita: l'amore per la madre.

Dopo la morte del padre avvenuta tre anni prima, Betta si era aggrappata disperatamente alla figura materna, non riusciva a separarsi da lei, e tale attaccamento nascondeva inconsciamente una grande angoscia: la paura di perderla come aveva perduto il papà.

Quel raggio di sole, Betta, l'ha portato sempre con sé come ricordo di un ultimo, unico momento di calore che ha accarezzato il suo corpo di bambina.

Era così felice quel giorno nel vicolo stretta alla mano della mamma!

Felicità ritrovata dopo il suo ritorno a casa, finito il mese di vacanza presso una colonia marina. Una vacanza/tortura per lei che, a differenza delle sue compagne che si erano divertite tanto, non aveva fatto altro che piangere, solo piangere continuamente e che quando si stancava di piangere si teneva in disparte isolata, altrove, in attesa di riprendere il pianto: desiderava sua madre e basta.

Per questo, quando la mamma affrontò il discorso quel giorno nel vicolo, suonò così stonato alle sue orecchie. Aveva solo cinque anni!

– Senti... Betta... ormai sei grande... devi capire, la situazione è critica, non abbiamo nemmeno i soldi per mangiare così... ho pensato che potresti stare in collegio... per un po'...

La bambina si fermò, incapace di dare un nome a quel qualcosa di piccolissimo che le frullò in gola, piccolo come un battito di cuore accelerato...

– Dài, cammina. Andiamo a casa! – la incitò la madre.

"La mamma sta scherzando" riuscì a ipotizzare Betta. "Vuole solo spaventarmi, poi, poi quando vedrà il mio sguardo incredulo, scoppierà in una risata per dirmi: Sciocchina! Non hai capito che stavo scherzando?"

Betta non avrebbe mai accettato di lasciare la sua mamma e non voleva assolutamente che la madre lasciasse lei. Che motivo c'era? Non era stata una brava bambina? Perché, perché proprio adesso?

Nel silenzio sceso improvviso e imbastito di perché, la bambina ripassò a memoria la favola di come stavano bene loro due sole insieme, sempre insieme legate da un amore totale ed esclusivo nel piccolo locale dove dividevano lo stesso letto per consolarsi e rassicurarsi a vicenda, dopo la morte del papà. Anche se una madre non dovrebbe mai incoraggiare un figlio, maschio o femmina che sia, a prendere il posto del padre nel suo letto. Un bambino spesso cerca questo, per consolare se stesso e la mamma, per possederla in modo esclusivo e completo e più sarà insistente e pressante la rassicurazione nell'intimo contatto fisico, più sarà difficile liberarsi di questa imprudente intimità e dipendenza reciproca.

Tutte le sere per farla addormentare tra le sue braccia, la mamma ripeteva la stessa nenia: – Non ci lasceremo mai, starai sempre con me anche quando diventerai grande.

– E se divento grande e mi sposo? – rispondeva Betta sbadigliando.

– Oh no! Tu non ti sposerai con nessuno se non con me! Vedrai! Ci sposeremo a maggio...

– E se non è maggio?

– Ci sposeremo a giugno!

– E se non è giugno?

– Ci sposeremo a luglio!

Betta credeva veramente a quelle parole. Una mamma non dice mai bugie!

Con questa convinzione, i suoi occhi in preda al sonno si facevano piccini nei mesi dell'anno che non arrivavano mai fino a dicembre, perché le ciglia di sopra e di sotto, appaiate, chiudevano i battenti al suo piccolo mondo di bambina.

Raggiunta la loro abitazione, la madre cominciò a raccogliere i panni della figlia in una valigetta di cartone tolta dal piano superiore dell'armadio.

La bambina osservò la mamma in silenzio mentre la cambiava, infilandole frettolosamente un cappottino consunto senza nemmeno allacciare i bottoni.

Spiò con impazienza quel viso adorato dai lineamenti tirati che non tradiva la resa a un sorriso e quel che è peggio, nemmeno a una parola. Uscirono dal portone che la donna chiuse a fatica, sia per la valigia che non posò a terra, sia per trattenere nella sua la mano della figlioletta che godeva di quel caldo contatto, fiduciosa che mai nessuno glielo avrebbe tolto.

"Mammina scherza! È solo uno scherzetto, un gioco nuovo che presto mamma svelerà per riderne insieme."

Andarono alla stazione. La piccola stazione dalla quale il trenino partì sferragliando sull'unico binario, diretto verso paesini lontani altrimenti irraggiungibili.

È straordinaria la forza dei ricordi. Riesce a evocare suggestioni e stati d'animo che si credevano sopiti; è incredibile come questi elementi possano compenetrarsi con struggimento e amarezza insieme mescolando rotaie, piccole stazioni e vagoni, il tutto avvolto da un senso di passione, turbamento e intimità.

La razionalità diventa fantasia che tutto accende e colora, così come è acceso e colorato l'autunno lungo un percorso disseminato di paesini arroccati, di torri sentinella, di abbazie celebrate dalla storia.

Cinquantuno chilometri di binario uniscono tutto questo. insinuandosi nella natura senza alterarla, diventando parte dello stesso ambiente.

La piccola ferrovia, mezzo di comunicazione privilegiata per allevatori, operai, studenti e insegnanti, per un mondo che ha affidato a quel binario le proprie attività, diventò per Betta l'inizio di una solitudine nuova.

Mentre il binario guidava e accompagnava il trenino nella salita verso burroni dominati da viadotti che sembrano alati, in un continuo succedersi di paesaggi che si aprono a destra, verso la pianura, e a sinistra, verso le montagne. "La mamma sta giocando" si ripete la bambina. "Ma perché ancora non sorride?"

Il sole invece sorrise sempre, fino a che l'oscurità delle gallerie le inghiottì.

Nell'irreale silenzio fatto di un racconto di cose non dette, Betta aspetterà invano per tutta la durata del viaggio, due interminabili ore, che la bocca di sua madre serrata, riprendesse la sua bella forma a cuore.

Per raggiungere l'istituto delle suore, bisognava affrontare a piedi una ripida salita sterrata e sassosa, e i sassi più piccoli entravano nelle scarpette di Betta costringendola a fermarsi spesso, mentre la mamma camminava davanti a lei ansiosa di arrivare.

Quando la donna scosse la campanella con mano nervosa in attesa di risposta, a Betta scappava la pipì e stringeva le gambette magre.

Uno scatto secco e metallico schiuse il portone di legno scuro dilavato dall'acqua e dal sole. Entrarono in un lungo corridoio buio che sembrava la gola di un drago a fuoco spento. A Betta prese l'angoscia.

– Mammina, mi scappa forte la pipì!

– Bettì, pazienta ancora un po'– le rispose seccata.

La bambina si chiese: "Ma è seccata per la pipì o per lo scherzo che mi sta facendo?"

Troppo per una bambina, era stanca e cominciò a piangere piano, poi sempre più forte, abbracciata alle gambe della madre, aggrappata a quelle gambe con tutte le sue piccole forze mentre lei, la madre, cercava di convincerla con parole che Betta si rifiutava di ascoltare.

"Se questo è uno scherzo è durato abbastanza!"

Forse arrivò qualcuno a prenderla, forse, non lo capì, non voleva vedere, non voleva sentire, voleva stare solo con la sua mamma.

Invece la madre la staccò bruscamente da sé mentre la bambina, senza più freni, urlava e si disperava. Si pisciò sulle scarpe, scivolò sulla sua urina, cadde in terra. Solo allora la mamma cedette alla dolcezza del suo ruolo: si chinò su di lei, le scostò i capelli dalla faccia, le asciugò il moccio e le lacrime, cercò di rassicurarla in qualche modo.

– Su, non piangere, vedrai, sarà per poco... tornerò più tardi a riprenderti, stasera stessa... guarda cosa ti lascio... la mia penna, conservala per quando torno...

Betta accettò la penna come pegno della promessa ma a quel punto dilagò la sua impotenza: strepitò, singhiozzò, urlò più forte che poté. Scalciò, si rotolò per terra insieme alla sua disperazione.

Perché nessuno la confortava? Perché nessuno le diceva che lo scherzo era terminato?

La voce secca, perentoria di una imponente figura con l'abito nero la gelò: – Lasciatela stare da sola, almeno si sfoga!

La lasciarono da sola. In terra, con gli occhi inondati di pianto, sulle mattonelle che puzzavano di varechina.

Anche la madre la lasciò ma la bambina non la vide allontanarsi nel lungo corridoio vuoto. Se ne andò troppo in fretta per lasciare il ricordo odoroso di sé, lì, dove ogni voce, ogni rumore rimbombava come un'eco. L'ultimo, il tonfo sordo, agghiacciante del portone che si richiuse.

Betta non ricorda di quanto tempo sia rimasta in quel punto, bagnata fradicia, infreddolita, sul pavimento che puzzava di varechina, la penna di mamma stretta in pugno.

Le sue piccole orecchie replicavano all'infinito la chiusura del portone, portandosi via la certezza prima e la speranza dopo che fosse tutto uno scherzo.

Crollarono tutte le sue difese, chiuse gli occhi e si addormentò senza accorgersene.

Da quel momento in poi, Betta non ha, e non avrà mai negli anni a venire, memoria o percezione di come siano trascorsi i primi giorni di permanenza in quell'istituto. Ricorda però benissimo quando, dalla minuscola finestra, le sue pupille ristrette contro il sole si arrampicavano su per i crinali delle montagne in lontananza.

Dietro quelle montagne c'era la sua casa, c'era la sua mamma e con lei instaurava fantastici dialoghi muti oltre la linea senza confine dei monti.

Non è rimasta impassibile di fronte alla estenuante attesa in piena solitudine di Giovanni Drogo, protagonista de "Il deserto dei Tartari", romanzo che Betta ha letto e riletto in età adulta. Per farsi ancora del male.

Drogo si sentiva solo come mai si era sentito nella vita, quando seduto sul bordo del letto nella stanza della Fortezza cercava invano di distinguere nella notte oltre la finestra che dava sul cortile il profilo delle montagne. Tutte le sicurezze in sé gli erano venute a mancare in quell'inospitale edificio, un mondo infinitamente lontano dalla sua solita vita, come per Betta, quando un torpore profondo l'avvolse in quel lungo corridoio, trascinandola nel sonno dopo aver lungamente pianto.

Da quel giorno, come per il protagonista del romanzo, la sua vita è stata una lunga attesa in solitudine, *non una vigilia di cose meravigliose che si attendono, che non si vedono, ma forse un giorno arriveranno, non la speranza di intravvedere un giorno, oltre la valle deserta senza piante né verde, oltre la cortina delle nebbie del nord all'orizzonte, torri bianche o rigogliose foreste di un mondo sconosciuto ai più.*

La donna che sussurrava al mare

di Beatrice Marignetti

La brezza mattutina le accarezzava dolcemente il viso, scompigliandole i folti capelli rossi. Aveva preso l'abitudine di svegliarsi prima dell'alba per ascoltare il rumore del mare, nessun altro suono, solo il mare. All'inizio era stato difficile: impostare la sveglia, alzarsi ancor prima del sole, vincere l'opprimente stanchezza e uscire fuori al freddo solo per sentire il mare, ma poi tutto era divenuto più semplice, quasi automatico e adesso non poteva più farne a meno.

Chiuse gli occhi e respirò a pieni polmoni il profumo del sale; il suo sorriso si trasformò in una sonora risata. Rebecca amava il mare, l'aveva sempre amato fin da quando era piccola; sembrava che lui la chiamasse, che volesse attirare prepotentemente la sua attenzione quando le onde si infrangevano sulla scogliera, quando la schiuma la rincorreva sulla sabbia per bagnarle i piedi. Sembrava che le mormorasse parole dolci tra gli anfratti degli scogli quando nessuno poteva sentirlo e lei, quando era più piccola, gli rispondeva, ci giocava, gli urlava di formare onde più alte, sempre più alte, come un grattacielo. Crescendo aveva perso quelle imbarazzanti abitudini che l'avevano resa oggetto di scherno dei bambini di tutta la spiaggia e aveva stabilito col mare un rapporto fatto di silenzi condivisi, di sguardi sereni e pieni di affetto che si scambiavano di mattina presto, quando le ore prima dell'alba concedevano un po' di calma, calma che diventava estasi ogni volta in cui Rebecca assisteva, impotente, a una tempesta.

Sentì dei rumori sommessi provenire dall'interno della casa che aveva ripreso vita, si appoggiò alla ringhiera del balcone scaricando tutto il peso del corpo sulle sue mani.

– Andrà bene – sussurrò al vento, al mare, a se stessa. – Andrà bene.

Cercò con lo sguardo una conferma alle sue parole ma tutto ciò che ottenne fu il grido di un gabbiano; se lo fece bastare e tornò dentro, lanciando un ultimo sguardo nostalgico all'immensa distesa di azzurro. Dopo quell'ora di paradiso la casa le sembrava buia e triste, ogni giorno diventava più tetra e ogni giorno Rebecca cercava di nascondere il senso di oppressione e di disagio che le provocavano quelle pareti. Si vestì svogliatamente, cercando di ritardare l'impatto con la vita quotidiana.

"Pioverà oggi" pensò, infilandosi un maglioncino azzurro chiaro: suo padre le aveva insegnato a capire i mutamenti del tempo e ora non sbagliava mai, più precisa del meteo.

Dalla cucina si sentivano le grida della televisione ma sua madre probabilmente non la stava guardando, non la guardava mai seriamente: si sintonizzava su un canale qualsiasi e aspettava che le chiacchiere inutili colmassero il vuoto che le aveva lasciato la morte del marito. Clara amava i film con pochi dialoghi, amava la luce dei film, la fotografia ma da quando Michele le aveva lasciate non li guardava più. Nonostante gli innumerevoli tentativi di Rebecca di portarla al cinema, di comprarle le più svariate collezioni di dvd, lei non aveva più guardato un film da quella sera di novembre.

– Ciao mamma, dormito bene? – Ogni mattina la stessa frase, ogni mattina lo stesso sorriso, sperando di ottenere una risposta diversa, uno sguardo meno vuoto.

– Ovviamente.

Sembrava che quei tre anni di ovviamente avessero sostituito, nella mente di Rebecca, ogni altra possibile risposta che la madre le aveva dato nei precedenti venti; probabilmente se, quella mattina, avesse ricevuto una risposta diversa sarebbe rimasta tanto instupidita da non poter continuare la conversazione.

– Sei sicura?

– Ti dico di sì. Vuoi il latte nel caffè?

– Sì, grazie mamma.

Ogni tanto Rebecca restava a guardarla chiedendosi se avrebbe mai più rivisto la donna che aveva ammirato per vent'anni: sembrava così forte e invece quella notte aveva perso anche lei.

La sera in cui arrivò la notizia dell'incidente aveva visto sua madre in lacrime; la sentì piangere tutta la notte e poi più nulla. Al funerale occhiali scuri le coprivano gli occhi stanchi e velati di lacrime ma non pianse, non volle abbracci, non volle la pietà di nessuno; quando la vide restare impassibile davanti alla tomba capì che non era morto solo suo padre nell'incidente.

– Credo che oggi pioverà.

Prese lo zucchero dalla credenza alzandosi sulle punte, non sapeva perché si ostinava a metterlo nello scaffale più alto.

– Allora prima di uscire chiudi la finestra della tua camera, la lasci sempre aperta.

– Certo.

Per andare al lavoro usava sempre la bici nonostante avesse preso la patente poco prima della morte del padre.

Era stato lui ad averle insegnato a guidare sulle strade curve del loro paese ma adesso non avevano più la macchina e Rebecca non riusciva più a toccare un volante senza che le si appannasse la vista e le ritornasse alla mente il sangue, le luci blu della polizia, il suono ovattato delle sirene di un'ambulanza che avrebbe fatto troppo tardi, la mano di un signore gentile che l'aveva sorretta. Non si era mai capito come fosse successo: non era ubriaco, non andava eccessivamente veloce, stava semplicemente guidando e un attimo dopo era morto, la macchina distrutta dall'impatto con l'albero e a terra gli schizzi di sangue; un uomo stava tornando a casa e, vedendo il raccapricciante spettacolo, aveva chiamato immediatamente la polizia e i soccorsi, lei era arrivata subito dopo. Sognò quella scena per un periodo che le parve infinito: il tempo si fermava, i secondi diventavano anni, tutto si tingeva di rosso e lei si svegliava col cuscino coperto di lacrime e sudore.

Persa nei suoi pensieri, non si era accorta di essere già arrivata al bar dove lavorava. Era una piccola caffetteria arredata in modo semplice: i tavolini ordinati con le tovagliette bianche e blu, il bancone in legno e le pareti color crema davano a quel posto un'aria rassicurante che era il principale motivo per cui "Il caffè" era tanto amato dalla gente del posto.

Rebecca era appena entrata dalla porta di servizio quando iniziò a piovere: piccole gocce picchiettavano sui vetri del locale, scivolavano sulle pareti delle case, saltellavano per le strade del piccolo paesino trasportate dal vento facendosi sempre più numerose, più invadenti. Rebecca sorrise pensando a quanto dovesse essere bello il mare in quel momento e anche Clara sorrise mentre guardava la pioggia: la sua bambina non ne sbagliava una.

Con quel tempo i clienti non erano molti: pochi uscivano di casa sfidando il freddo pungente e la pioggia solo per sedersi a un tavolo della graziosa caffetteria a meno che non fossero costretti da esigenze lavorative. Quindi, quasi tutti – quella mattina – entravano frettolosamente per prendersi un rapido caffè al bancone e uscivano sospirando, desolati che quei pochi secondi non avessero fermato la pioggia. Solo una persona era seduta al solito tavolo nonostante il tempo, sorrideva beffarda a tutti coloro che avevano troppa ansia di correre, a tutti quelli che odiavano la pioggia. Mentre ascoltava il suono delle gocce di pioggia sui vetri, beveva placidamente il suo bicchiere di latte con una brioche, lanciando, ogni tanto, uno sguardo al giornale che si portava dietro tutte le mattine e che non apriva mai. Quando ormai fu chiaro che per quella mattina non ci sarebbero stati altri clienti, Rebecca si accomodò al suo tavolo.

– Buon giorno, signor Johnson.

Il vecchio le sorrise di rimando.

– Sì, è davvero un buon giorno, Rebecca.

Il signor Johnson era un marinaio, veniva da qualche parte del nord Europa, era arrivato con i suoi genitori in quel piccolo paese quando aveva sei anni e aveva intrapreso la sua carriera di marinaio molto giovane; non avrebbe mai smesso se non fosse stato per la morte di sua moglie: Marina. Una donna di gran classe, dalla forte personalità e con profondi occhi castani, raccontava sempre tante storie che facevano sognare la piccola Rebecca, mentre il signor Johnson la incantava con le sue romanzate avventure da marinaio e con le favole della sua terra. Sua madre e il signor Johnson avevano qualche anno di differenza di età, ma erano capitati nella stessa scuola sia alle medie che al liceo, almeno pirma che lui interrompesse gli studi; erano molto legati e lei lo andava a trovare ogni domenica. Spesso nelle sue visite portava Rebecca con sé, la piccola bambina con le treccine rosse stava buona e zitta ad ascoltare le storie dei coniugi seduta con le gambe a penzoloni sulla poltrona vicino alla finestra. Clara diceva che era l'unico modo per farla stare ferma e in silenzio; a volte anche lei le raccontava delle storie, in alcune di queste c'era anche il signor Johnson.

– Oggi non c'è molta gente o è una mia impressione?

– Hanno tutti paura.

– Codardi, si spaventano per un po' di pioggia.

Rebecca sorrise, da bambina voleva diventare come lui, voleva andare per mare e avere tante storie da raccontare, suo padre non l'aveva mai appoggiata in questo.

Restarono in silenzio a guardare la pioggia. Di solito, l'ormai vecchio signor Johnson interrompeva bruscamente il silenzio dicendo: "Ti ho mai raccontato di quando..." molto spesso la risposta era sì, e lui lo sapeva bene, ma incominciava lo stesso a raccontare una storia già detta, magari cambiandola, magari stravolgendola totalmente, l'allungava arricchendola di dettagli, l'accorciava se Rebecca doveva tornare subito alla cassa: la storia era la sua e lui ci giocava come voleva. Ma quella mattina non disse niente, guardava la pioggia, in silenzio.

– Va tutto bene?

Come se si fosse appena svegliato, il vecchio trasalì e i suoi occhi azzurri vagarono un attimo nella vuota caffetteria prima di posarsi di nuovo su Rebecca.

– Io ti ho visto crescere, bambina... Vorrei che non fosse stato così.

Questa volta fu Rebecca a trasalire.

– Che vuoi dire?

– Vedi, io non ho più storie da raccontarti. Dovresti essere tu a raccontare storie adesso, hai ventitre anni: dovresti essere ovunque, ma non qui.

Rebecca annuì e tornò in silenzio al bancone, era arrabbiata perché non aveva avuto la sua storia quel giorno, solo la verità.

Si mise a pulire il bancone di legno, c'era una macchia che non voleva andarsene, provò a usare un'altra pezza, provò a strofinare più forte. Niente. La macchia restava sul bancone a fissarla con aria arrogante, non sarebbe andata via, quello era il suo bancone, il suo legno.

– Becca, tutto ok? Te la stai prendendo con questo povero pezzo di legno. – Carlo era sempre così allegro, così fottutamente allegro.

– Questa macchia non vuole andare via – disse Rebecca facendo spallucce.

Carlo schiacciò il naso sul bancone ormai lucidissimo.

– Questa? Ma è sempre stata qui.

– Ah…

– Rilassati, Becca, fatti una pausa.

Carlo a volte era anche fottutamente stupido. Becca socchiuse gli occhi, lo scrosciare della pioggia le ricordava il mare.

Il signor Johnson aveva finito la sua colazione, aveva finito di provare a interessarsi al suo giornale, aveva finito di guardare la goccia di latte che scivolava dal bordo del suo bicchiere; così decise di pagare il conto ma, prima di andarsene, si avvicinò alla bambina dalle trecce rosse che sedeva sulla sua poltrona mangiando i biscotti: – Promettimelo, Rebecca.

Solo allora Rebecca si accorse di quanto fosse invecchiato: l'aveva sempre visto ma mai notato veramente, adesso i suoi occhi blu erano stanchi e tristi, le sue guance piene di rughe, il suo respiro era pesante e la mano sinistra in cui teneva il giornale tremolava leggermente.

– Te lo prometto. E ti prometto anche che racconterò delle storie a chiunque voglia ascoltarmi. Racconterò di te e Marina.

Una lacrima di felicità scivolò sulla guancia del signor Johnson mentre usciva ringraziando Rebecca e la pioggia cessava.

Quando Rebecca finì di lavorare era pomeriggio inoltrato, tra poco si sarebbero viste le prime sfumature di arancione che annunciavano il crepuscolo. Sulla via verso casa, pensò che avrebbe dovuto andarsene, quel pensiero la colse così all'improvviso che si fermò di scatto e si accostò al ciglio della strada. Non aveva mai pensato di andarsene, non così seriamente almeno, non con la mamma in quelle condizioni, non per fare ciò che suo padre le aveva esplicitamente detto di non fare. Si guardò intorno e vide erba con un po' di mare in lontananza, vide che aveva poggiato la bici vicino all'albero che aveva rotto la macchina di suo padre, vide le luci blu della polizia, vide il sangue, una mano senza vita che penzolava sotto il telo bianco portato dai medici che uscivano dall'ambulanza. Vide che era seduta a terra, vide le luci del crepuscolo, il mare tingersi di rosso. Rivide il tramonto di Venezia, era bellissimo, il viggio più bello che avesse mai fatto, l'ultimo con suo padre. Si ricordò che fu proprio a Venezia che decise cosa voleva fare: la gondoliera. Voleva vagare per i canali e vedere i volti delle persone senza affezionarsi a nessuno di essi, voleva raccontare storie mentre scivolava sull'acqua. Si ricordò lo sguardo di suo padre quando glielo disse, si ricordò che non aveva mai deciso niente nella sua vita, per la paura di deludere suo padre. Quando era morto, lei e sua madre avevano fatto, quasi inconsapevolmente, un muto accordo per cui ogni cosa sarebbe rimasta così come suo padre l'aveva lasciata: lei sarebbe rimasta a casa, sua madre non avrebbe cambiato lavoro.

Avevano paura di ferire un uomo morto.

Rebecca riprese la sua bici.

"Accidenti a te signor Johnson" pensava mentre pedalava con forza nella direzione opposta a casa sua.

Voleva un coniglio. Aveva sempre voluto un coniglio, ma la regola era: niente animali pelosi in casa, ma lei voleva un coniglio. Ogni Natale la parola coniglio era quella scritta in stampatello nella letterina, ogni mattina di Natale scoppiava in lacrime perché non c'era un coniglio sotto l'albero ad aspettarla. E ora stava pedalando più velocemente possibile, pregando che il negozio di animali in centro non fosse chiuso perché voleva un maledetto coniglio, voleva essere felice la mattina di Natale. Lei lo odiava, il Natale, perché tutti sono allegri a Natale, è una tradizione essere allegri a Natale e lei, per un motivo o per un altro, non era mai felice quel giorno. Mise la bici vicino a un lampione e corse fino al negozio di animali, dove fu accolta da numerosi e confusi versi di cui non era facile identificare la provenienza. Il negozio stava per chiudere, lei voleva un coniglio e doveva fare in fretta. Quando uscì dal negozio aveva un coniglietto grigio in mano e una busta con una gabbietta e del cibo per conigli legata alla bici. Chiamò sua madre per dirle che avrebbe fatto tardi, aveva già fatto tardi ma non le disse il motivo, ovvero che non poteva portare un coniglio sulla bici: non voleva che rimanesse traumatizzato. Si sentì così stupida e così infantile che scoppiò in una sonora risata, il coniglietto emise un verso simile a uno squittio e poi sfregò la testolina contro la sua mano. Rebecca capì che non lo avrebbe mai lasciato.

Arrivò a casa alle nove in punto, aprì il portone.

– Scusa per il ritardo, ma ti ho portato una cosa – disse posando delicatamente a terra il coniglietto grigio. – Puoi decidere tu il nome.

Sua madre spalancò gli occhi

– Tu...

– Lo so, niente animali pelosi in casa. Ma questo coniglio deve essere l'eccezione.

È una sensazione strana vedere una persona piangere e ridere allo stesso tempo: non si sa mai se la si deve consolare o ridere insieme a lei, anche Rebecca era indecisa quando vide sua madre piangere mentre, sorridente, accarezzava la piccola bestiola, ma decise di sorridere e di abbracciarla piano.

– Lo teniamo?

– Certo che lo teniamo. Quella regola l'aveva fatta Michele, noi possiamo benissimo tenere questa bestiolina.

Rebecca sorrise, era la conversazione più lunga dopo anni che le erano sembrati secoli.

– Non sapevo come avresti reagito, la regola era di papà è vero, ma tu eri così legata a lui...

Lo sguardo di Clara si fece di nuovo serio, un velo di profonda tristezza le oscurò il viso.

– No, piccola mia, io non sopportavo tuo padre.

Ci fu un attimo di silenzio, si sentiva solo il mare da fuori, le onde che si infrangevano sugli scogli ignare del mondo che era appena crollato addosso a Rebecca.

– Odiavo il modo in cui mi controllava tramite i sensi di colpa. Lui non era mai disposto a sacrificare niente per me, mentre io gli avevo dato tutto... Riusciva sempre a scoraggiarti impedendoti di fare le cose che amavi, come quella volta che ci rovinò anche il viaggio a Venezia: mise il broncio per tutto il tempo e poi incominciò a sbraitare come un pazzo appena arrivammo a casa. Non sorrideva se le cose non erano fatte come voleva lui, criticava ogni cosa che era diversa da lui. Quando Michele morì noi stavamo divorziando. – Interruppe il flusso di parole piene di rabbia e dolore per schiarirsi la voce, aveva parlato più ora che negli ultimi tre anni. – Ho sempre creduto che l'incidente fosse stata colpa mia.

– Non è stata colpa tua.

Sua madre le accarezzò dolcemente il viso rigato di lacrime. – Non ti ho detto niente per non farti male... Mi dispiace così tanto, Becca, non hai idea di quanto mi dispiace.

Rebecca si lasciò abbracciare da sua madre. Sentiva il rumore del mare farsi sempre più forte, doveva essere davvero bello tutto quel blu che divorava il bagnasciuga. Si separò dal suo abbraccio con aria assente, le onde si stavano infrangendo sugli scogli.

– Devo uscire un attimo.

Corse sulla spiaggia più veloce che potette, i piedi nudi bagnati e sporchi di sabbia.

– Andrà bene, andrà bene – gridò al mare, al vento, alle onde, alla schiuma che le schizzava i pantaloni e, per una volta, ebbe la certezza che sarebbe stato così.

Ritratto 'e femmena a' fenesta

di Giuseppe Raineri

La finestra è serrata, chiusa, nessuno in giro. *Curiuso!*
Come ogni mattina, mi ero alzato presto per preparare
ad arte *'na tazzulella 'e cafè* e darmi una prima poderosa
strigliata, seguita dai gesti di rito che accompagnano il
risveglio e subito dopo via, per chiudere in bellezza da
Ciro *'o zuccariello* con l'irrinunciabile sfogliatella, rigorosamente quella riccia come vuole la tradizione.

Infine, di corsa *'ncoppa o' motorino* verso il travaglio
quotidiano sfidando traffico e clacson, che in questa città
non suonano come altrove a mo' di rimprovero, di sollecito
a togliersi di mezzo, ma soprattutto come messaggi per
richiamare l'attenzione su una presenza: *ci stongo pur'io,
statte accort!*

Prima di ogni altra cosa era d'obbligo una capatina veloce sotto la finestra di donna Filumena.

Per arrivarci occorreva attraversare l'androne di un
palazzo in via Foria, e dopo essere passato indenne dal
controllo del guardiano, salire una mezza rampa di scale;
l'ascensore c'era, ma per pura bellezza, e attraversare un
corridoio con il soffitto a volta per ritrovarsi in un giardino
interno: *nu muorz' e' Paravis'* e di silenzio, lontano dal
vociare di strada e dal traffico, un tappeto d'erba sempre
ben curata con amaca, piante, fiori, sedie e tavolini dove

poter sorseggiare un caffè se la giornata era buona e stare senza pensieri almeno per un po'. I muri bianchissimi aumentavano la luminosità di quel teatro a cielo aperto, dove gli attori sembravano muoversi al rallentatore e sfumare in una nebbiolina irreale, come in un sogno dove il tempo diventa pura astrazione, un mero accessorio.

Su questa oasi di pace si affacciava lei, taciturna, lenta e precisa nei pochi movimenti che si concedeva con molta parsimonia. Sembrava un ritratto a mezzo busto su un fondale scuro.

Donna Filumena con il suo fare discreto, le sue rivelazioni, aveva inconsapevolmente stimolato il nascere di nuove professioni, nate certamente non per arricchire le tasche ma *l'anema*.

Il guardiano, che in origine era uno dei tanti proprietari di un appartamento nel palazzo, pensionato ma facente funzione, controllava l'ingresso. Poi d'un tratto si era votato mente e corpo alla nuova occupazione, con il consenso degli altri condomini che tolleravano pazientemente il cambio di ruolo, sperando in qualche piccolo favoritismo nelle code di attesa.

Il suo compito consisteva nel disciplinare il flusso quasi ininterrotto di persone in visita e far osservare un minimo di riservatezza nei colloqui privati, trattenendo a debita distanza i questuanti.

Col tempo, la grande affluenza di visitatori aveva imposto naturalmente che il portone sulla strada rimanesse aperto da mattina presto a tarda sera.

Sul pianerottolo qualche sedia in plastica spartana, frutto della sopraffina arte di arrangiarsi del popolo napoletano, consentiva una sosta più confortevole agli astanti.

Nell'attesa era severamente vietato fumare.

Serbo ancora con tenerezza il ricordo di una donna riccamente impellicciata, dal portamento severo e aristocratico, coperta d'oro *comme 'na Maronna*, che si misurò con questa proibizione condivisa, ma non detta: ci provò mettendosi in un angolo tra la muta disapprovazione dei presenti.

Sigaretta in una mano e accendino nell'altra.

Si guardò attorno, poi rassegnata ripose tutto in buon ordine nella borsa e bofonchiò: – *Nun è cosa.*

In quell'ordinatissimo caos vigeva un'altra regola non espressa, ma accettata da tutti, per cui fino a una certa ora della mattina non veniva rispettato l'ordine di arrivo: la precedenza veniva concessa con equità a chi *tenev' pressa* e doveva correre al lavoro.

Gli altri, pensionati e disoccupati o mal occupati, arrivavano comunque presto per scambiare qualche chiacchiera nell'attesa.

In cerca di notizie, mi affacciai all'ingresso del B&B; al bancone i due giovani conduttori parlottavano a bassa voce, il giardino delle meraviglie era di loro pertinenza.

– Dove sono finiti tutti quanti?

– *Comme, nun 'o sapit'? Nisciuno v'a ritt' niente?*

– *E che è stato?*

– *'Onna Filumena se n'a juto!*

– *Juto? E addo' se n'a juto?*

– *Se n'a juto adda'o Pateterno.* L'hanno trovata alla finestra, senza vita. Se n'è accorto uno dei suoi visitatori abituali perché incurante a ogni richiamo, non rispondeva. Sembrava assente.

A questo punto è doverosa una spiegazione.

Donna Filumena era la reincarnazione della Sibilla cumana con la variante antica e moderna del silenzio.

Nessuno si ricordava di averla mai sentita parlare, né il suo tono di voce.

Rispondeva con semplici cenni della mano e con il movimento della testa.

Il suo era un "sì" o un "no" a una e una sola domanda al giorno per persona, come una medicina da assumere una sola volta prima o dopo i pasti.

Lei non si sbagliava e pochi avevano provato a ingannarla, del resto inutilmente.

Quanto più la domanda era ben formulata, tanto più la risposta lapidaria era precisa.

L'assenza di risposta non doveva essere fraintesa come mancanza di cortesia ma semplicemente come non possibile, perché l'interrogazione non poteva ammettere esiti diversi dai due soli consentiti. In questo era una moderna, inconsapevole antesignana del linguaggio binario.

Era nato tutto per caso, quasi per scherzo, quando un abitante del palazzo le aveva rivolto la parola per togliersi la curiosità di sapere perché mai trascorresse tanto tempo immobile alla finestra.

Lei non rispose e non lo degnò nemmeno di uno sguardo sfuggente.

– *Maronna mia quanto site scuntrusa.*

Ritornò all'attacco nei giorni successivi andando nel giardino con il fermo proposito di affrontarla, per ottenere soddisfazione alla sua curiosità.

Lei non batté ciglio fino al giorno in cui il cocciuto provocatore le rivolse quasi per caso una domanda che lo riguardava personalmente, ma stavolta nel modo corretto.

Ricevette in risposta un gesto di assenso.

In ufficio si ricordò della donna alla finestra e si comportò come gli era stato laconicamente indicato.

Di fronte al dubbio, nell'incertezza di come comportarsi seguì il consiglio e si trovò bene.

Così fece anche nei giorni successivi con identico risultato.

La fama di questa donna profetica si diffuse velocemente dal palazzo al quartiere, alla città e così ebbe inizio la leggenda. Donna Filumena o semplicemente Filù non si scomponeva, mai.

Il nome le era stato affibbiato da un cliente che così l'aveva battezzata di sua iniziativa, e la cosa incontrò subito il favore di tutti.

Nessuno, stranamente, aveva mai chiesto a lei o ai parenti quale fosse il suo vero nome; per discrezione, per la pigrizia di tentare con combinazioni di nomi a cui avrebbe risposto nel solito modo fino a che qualcuno avesse azzeccato quello giusto.

Stava alla finestra che le faceva da cornice, immobile, consapevole della sua missione, e quando concedeva i suoi oracoli rammentava molto la Gioconda, nella posa delle braccia, nello sguardo enigmatico, meno sorridente ma ugualmente ironico; l'ironia di chi sa di sapere senza farne un inutile sfoggio. Nessuno l'aveva sentita proferire parola, dare un minimo di confidenza e su questo aspetto le ipotesi si disperdevano in mille rivoli: forse era muta dalla nascita e pareggiava quel debito che madre natura aveva contratto con lei vedendo chiaro nel futuro di tutti, forse lo era diventata per uno spavento o per scelta.

Nessuno aveva un ricordo certo di quando Filù fosse comparsa a quella finestra.

C'era chi giurava su quanto avesse di più caro che era lì già negli anni dei bombardamenti degli alleati e che la casa fosse stata risparmiata grazie a lei. Si era sempre rifiutata di muoversi dal suo posto ogni volta che risuonava l'allarme aereo, mentre tutti gli altri si precipitavano nei rifugi e per questo doveva esserci una buona ragione: lei sapeva che la casa non sarebbe stata colpita.

Il "professore" che abitava due piani sopra di lei aveva avuto il suo bel daffare per convincere quegli sprovveduti che era questione di pura probabilità, ma questo gli era valso un progressivo isolamento e una serie di battutine salaci ogni volta che andava e tornava dal suo appartamento, bollato dalla fama di eretico e miscredente.

Tra i frequentatori affezionati e uno dei più acerrimi oppositori del "professore", c'era addirittura un immigrato dal nord che col tempo aveva assunto aspetto e abitudini che lo rendevano indistinguibile da un partenopeo verace, se non quando apriva bocca per citare una sua massima, raccogliendo consensi più per solidarietà che per convinzione: – *Chesta città nu vo' 'na via e' miezz': o 'a vuo' bene o 'a vuo' male.*

Così diceva raccogliendo il consenso tacito e cortese dei presenti ormai rassegnati, tolleranti della sua pedanteria ma anche gradevolmente meravigliati del suo indomito desiderio di sentirsi parte della loro città, città aperta e mai esclusiva.

Su questo variegato panorama di vite e culture tanto diverse, lei vegliava silenziosa; affacciata a quella finestra dormiva con la guancia appoggiata al palmo aperto della mano, lì consumava pasti frugali, lì stava con il caldo, con il freddo, con il sole e con la pioggia, anche nelle feste comandate.

Ora invece non c'era più, gettando tutti nello sconforto.

Sapevamo tutti dov'era sepolta, nonostante le esequie fossero state celebrate in forma privatissima. Malgrado la malcelata riluttanza dei familiari, sulla lapide era stata appiccicata una fotografia scattata di soppiatto, ma così reale che sembrava parlasse.

Era proprio lei e il mito di Filumena la veggente poté continuare indisturbato.

La gente non smise di andare a trovarla al cimitero di Poggioreale per porle i propri omaggi e sottoporle quesiti e così anch'io, quando potevo andarci nel rispetto degli orari di apertura.

Circolavano voci che fossero in corso trattative più o

meno ufficiali con i custodi, che per motivi di forza maggiore avrebbero potuto averla vinta sulla rigidità del regolamento.

Alla domanda precisa rivolta alla nostra Sibilla, i presenti giuravano di aver visto l'immagine di Filù chinare il capo in avanti, segno di un deciso, inequivocabile e accorato "sì".

Infanzia felice

di Pietro Rainero

– E tu cosa mi dai in cambio dei miei cinque giornalini di Topolino? – chiese Wanda.

– Io ti regalo il pendolo di Galileo – le promise suo cugino, di passaggio in quei giorni a Montechiaro, ospite della famiglia di Wanda.

Io, sentendo quelle parole, ero divertito e dubbioso: come poteva, il ragazzo, possedere proprio il pendolo del grande scienziato? D'accordo, studiava alla Normale di Pisa ma a me, nella mia ingenuità di bimbo di sette o otto anni, sembrava inverosimile che egli potesse dare a sua cugina il pendolo di Galileo, quello originale.

La famiglia di Wanda, composta da padre, madre, un figlio di nome Giovanni, mio carissimo compagno di giochi, e appunto Wanda, ragazzina di dodici o tredici anni, era proprietaria del mobilificio del paese. Il mobilificio, naturalmente, aveva anche annessa una segheria che, praticamente tutti i giorni, produceva come scarti di lavorazione segatura e piccoli pezzi, parallelepipedi di legno, lunghi al massimo quasi un palmo. Il cugino di Wanda (del quale, mi rincresce, non ricordo proprio il nome) prese uno di questi pezzetti di legno, gli legò attorno uno spago e poi fece dondolare il tutto, tenendo il capo del filo di spago.

– Ecco, questo è il pendolo di Galileo! – annunciò con aria seria, quasi pronunciasse un oracolo in quel di Delfi.

E quando mi sentì ridere (già, ero scoppiato a ridere, pensando a come fosse scema Wanda a credere a quell'impostore) mi rimproverò sottolineando: – Sì! Questo è il pendolo di Galileo!

Quella stupida oca della sorella di Giovanni gli diede i cinque giornalini da lui desiderati e tutto finì lì.

Erano giorni felici, quelli!

Io abitavo a poche decine di metri dalla segheria, al terzo piano di una casa che ospitava anche, al livello del suolo, l'ufficio postale e subito sotto di me, al secondo piano, un cancelliere di Tribunale con moglie e figlia piccola.

Avevo due amici inseparabili, Giovanni, il fratello di Wanda, e Beppe.

Anche quest'ultimo abitava vicino alla segheria dei genitori di Giovanni, nei pressi della quale c'era anche il meccanico, che ogni tanto osservavamo mentre aggiustava qualcuna delle poche automobili che a quei tempi transitavano sulla statale, di fronte alla mia abitazione.

Eravamo sempre insieme, noi tre: io, Beppe e Giovanni. Qualche volta coglievamo delle margherite nei prati, alle quali staccavamo tutti i petali tranne uno o due. Così il fiore diventava un pellerossa fornito di penne sulla testa. Naturalmente al capo della tribù toglievamo solo la metà dei petali per cui la parte superiore della margherita assomigliava davvero alle foto di Nuvola Rossa o degli altri prestigiosi capi indiani.

Andavamo anche a caccia, a caccia di uccellini, nei campi, armati con i nostri fucili ad aria compressa. Cosa usavamo come proiettili?! Ma semplice! Piccoli tappi di sughero ai quali avevamo attaccato dei chiodi! Quanti uccelli abbiamo abbattuto?

Beh... il conto, ovviamente, ammonta a... zero.

Facevamo anche torte, oh sì! Torte per la merenda. O meglio, le bambine (oltre a Wanda frequentava il nostro gruppo un'altra bimba di origini meridionali) facevano torte. Ed erano buone? Non so che dirvi: non le ho mai assaggiate. Però sicuramente erano belle! Le due bambine le facevano con il fango. Modellavano con le mani il fango per dargli la forma di piccole torte e poi tutti noi, anche i maschietti, le decoravamo con scritte varie, incidendo con le dita parole e immagini. Le lasciavamo poi essiccare e via! Il gioco era fatto! Erano dolci bellissimi, lo ribadisco, torte di color grigio o marroncino.

Proprio davanti alla casa di Beppe c'era poi, e c'è rimasto a lungo, un mucchio di sabbia che a noi bambini sembrava di grandi dimensioni. Quante ore passate su quel mucchio di rena! Disegnavamo stradine che poi lastricavamo con ciotole levigate e piatte: e la sabbia diventava un'antica città romana attraversata dalla via Appia o dalla via Salaria. A turno, due di noi tre erano consoli di quell'antica Roma e decidevano quali opere intraprendere e le modifiche da apportare all'architettura della capitale dell'Impero. Oppure il mucchio di fini granelli diventava, in altre occasioni, un vulcano, il Vesuvio dei tempi di Pompei. Praticavamo un buco alla sommità del cumulo di sabbia e nel buco buttavamo carta che poi incendiavamo: ed ecco che la montagnola, magicamente, si trasformava nel vulcano napoletano che eruttava fumo, cenere e lapilli.

Altre volte, catturato un ignaro gatto che passava nelle vicinanze, i nostri giochi di colpo si trasformavano in uno spettacolo circense con le evoluzioni fatte da una tigre feroce per divertire gli spettatori.

Ma il gioco che io adoravo era un altro.

Come materiale di scarto della segheria, ormai lo sapete, venivano prodotti dalla cinghia metallica dentellata usata per tagliare il legno dei piccoli pezzetti a forma di parallelepipedi, lunghi qualche centimetro. Sapete come li utilizzavamo? Piantavamo quattro chiodi nella faccia inferiore del pezzo, uno obliquo in quella posteriore e due anteriormente verso l'alto e il pezzo, per magia, diventava un vitello, o una mucca. Eravamo proprietari di intere mandrie di bovini, eravamo allevatori, eravamo ricchi.

Giocavamo con i vulcani, edificavamo l'antica Roma, litigavamo per fare i Consoli, governavamo capi di bestiame, creavamo torte di fango, cacciavamo uccelli e ci arrampicavamo sugli alberi.

Ah, sì, ora ricordo: simulavamo anche partite di calcio con le figurine dei calciatori. Io ero l'allenatore della fantastica nazionale brasiliana di Pelé.

Ecco, questo io ricordo della mai infanzia.

E ricordo pure quando, la sera, aspettavo mio padre nascosto tra il legname posto a metà strada tra la mia abitazione e la panetteria del signor Costante, e tutte le sere papà si stupiva e sorprendeva nel vedermi, e pure di quando mi regalarono una piccola anatra (adoravo la fiaba del brutto anatroccolo) e di quando, a metà agosto, accendevano un enorme falò nel campo dietro la mia casa.

E di quando, al calar delle prime ombre, la sera, mi recavo a prendere il latte, come voleva mia madre, alla fattoria dei miei cugini, distante qualche centinaio di metri.

E tornando verso casa, nel fosso che costeggiava la strada statale numero 30, mi fermavo immancabilmente a guardare le stelle, incantato, e sognavo di diventare astronomo.

E ricordo anche del sciur Giovanni, sì. Un signore molto anziano che abitava con la domestica in una casina proprio di fronte a casa nostra e che mi aveva preso in simpatia. Il povero sciur Giovanni che, poco prima di morire, aveva avuto ancora un pensiero per me dicendo: – Mi raccomando, dite a Piero di essere buono!

Queste, e poche altre cose ricordo della mia infanzia a Montechiaro, quando nel borgo alto del paese c'erano ancora i ruderi del vecchio castello, poi rimossi.

Ora il cucuzzolo della collina è spoglio, anonimo.

Ora io sono un insegnante di matematica.

Beppe? Beppe l'ho rivisto poche settimane fa, è in pensione ed è stato sindaco del paese che confina con Montechiaro.

Giovanni, che ha fatto anche il maestro di tennis, che sappia io è ancora vivo e vegeto pure lui.

Non so nulla di Wanda e degli altri, a parte Bruno, che suona sporadicamente in un complesso musicale nelle feste di paese.

Qualche mio compagno di scuola di allora purtroppo non c'è più, e qualcuno è morto pure da giovane, troppo giovane.

Tra qualche decennio io abiterò nella tomba di famiglia in un paesello della Val d'Erro, in un loculo a due o tre metri di altezza.

Sotto quanti metri di terra sarà sepolto Beppe?

E Giovanni?

E Wanda?

Una valigia appesa a un filo

di Chiara Silano

Le valigie pesavano, pesavano più di lei. Linda era lì, sola, alla stazione, aspettando il treno che l'avrebbe riportata a casa. Sul viso, un non so che di malinconico. Una decina di minuti prima della partenza del treno, prese entrambi i bagagli e iniziò ad avvicinarsi al binario. La sua mente era preoccupata dal fatto che non avrebbe avuto la forza per sollevare i due macigni sopra la rastrelliera del vagone...

"Si chiama rastrelliera?" La sua mente rifletteva... Ormai era quasi un anno che non parlava più italiano e alcune parole le sembravano lontane, sconosciute.

Il treno era arrivato in stazione puntualissimo. Un giovane alto, biondo, con la barba rossiccia leggermente incolta, l'aiutò a sistemare i bagagli.

– Tak – disse dolcemente, spalancando i suoi languidi occhi marroni.

Il ragazzo annuì con la testa e si accomodò sul sedile di fronte al suo.

Era una mite giornata di luglio, il sole scaldava debolmente il vagone del treno, penetrando con i suoi raggi attraverso le enormi finestre blu. Linda approfittò per scaldarsi il viso. Tanto sole e tanto calore l'attendevano di lì a poco. Il treno avrebbe dovuto portarla all'aeroporto in circa 50 minuti. Tutto andava secondo i piani.

All'interno della carrozza c'era qualcosa che la disturbava... un forte odore di ammoniaca... forse avevano pulito da poco. Chiuse gli occhi per cercare di non pensare; sentiva un vuoto nello stomaco, un misto di emozioni che non sapeva ben distinguere. Da un lato era serena, felice di tornare a casa, di riabbracciare i suoi amici, la sua famiglia, il suo gatto, il suo amore. Da un altro lato aveva paura di trovare le cose cambiate, temeva che ciò che per lei era sempre stato lì, non ci fosse più.

L'annuncio della prossima stazione l'aveva destata: "Copenhagen airport". Si affrettò alla porta d'uscita. Il ragazzo biondo l'aveva aiutata di nuovo con le valigie, come se si sentisse in obbligo di doverlo fare. Linda ringraziò di nuovo e si appressò alla fila del check-in per lasciare finalmente le due valigie. Non vedeva l'ora di liberarsene, a tal punto che non faceva altro che domandarsi perché avesse portato tutte quelle cose.

"Ah già! I regali per Ginevra e Sveva, la calamita per Emanuele, i dolci per mami e papi, il libro per Delfina, la cartolina per Ciro, le collane per le nonne, la t-shirt per Massimo." Ora ricordava il perché delle valigie.

Check-in effettuato, gate A12. Il viaggio in aereo non le pesava, anzi, era come se così si alleggerisse, come se volasse lei stessa. Il vuoto d'aria, che si forma ogni volta che le ruote si staccano dalla pista e l'aereo prende quota, le provocava un senso di godimento. Le ricordava l'ebbrezza delle giostre spericolate che faceva durante le feste di paese o nei parchi di divertimento. Tuttavia il piacere del volo era diverso, più puro, più limpido, più genuino.

Non le dispiaceva viaggiare da sola, lo trovava stimolante. Poi sapeva, dentro di sé, che trovare un degno compagno di viaggio non era cosa facile. E così, a 27 anni, si era trovata ad aver girato il mondo sempre in piena autonomia. L'Europa era ormai la sua casa e il mondo la sua prossima meta. Sapeva di essere destinata a grandi avventure, o forse desiderava di esserlo. In poco più di due ore avrebbe rimesso piede sul suolo italiano. Questo le provocava delle sensazioni che non riusciva a decifrare. Mai, prima di allora, si era sentita così confusa, barcamenante. Decise di chiudere gli occhi e godersi il volo. Aveva lo sguardo pesante, sentiva le palpebre cadere sui bulbi oculari. Questa sorta di decadenza fisica la turbava molto; era giovanissima ma davanti allo specchio mai soddisfatta.

Linda era bella... di un bello pulito, sincero, cristallino. Faceva pensare a un'alba che sorge dalle colline. Aveva lunghi capelli biondi, una pelle rosea e compatta, un nasino piccolo leggermente all'insù, ma ciò che colpiva tutti erano le sue morbide labbra carnose. Spesso le mordicchiava: quando pensava, quando indugiava, quando rifletteva. Erano rifinite da un contorno leggermente più scuro, naturale, da far invidia.

Ciò che la rendeva speciale era la sua intraprendenza: una ragazza forte, decisa, caparbia, che portava a termine qualsiasi cosa si mettesse in testa di iniziare.

Come aveva portato a termine il suo lavoro nel Nord Europa e ora aspettava di tornare a casa. In realtà non sapeva bene per quanto tempo desiderasse restare, né tanto meno SE desiderasse restare.

L'aereo fendeva tagliente il cielo sereno, facendo a brandelli le nuvole. Il sole continuava a riscaldare l'orizzonte, ma nell'aereo quel calore non si percepiva. Linda sentì due o tre brividi percorrerle la schiena. Decise così di indossare la felpa. Mise la mano in tasca per prendere un fazzoletto ma, in un angolino, tutto accartocciato, trovò un foglietto. Non aveva la minima idea di cosa potesse essere, così lo aprì incuriosita. Il testo diceva: "Fai quello che preferisci. Avremmo tanti capodanni da passare insieme". Un sorriso fece capolino tra le labbra un po'asciutte, forse seccate dalla forte aria condizionata. Un sorriso di gioia, di speranza, di amore. Un sorriso che celava però già un non so che di amaro. Ma Linda era ancora lì, sull'aereo, e si godeva quegli ultimi momenti di ebbrezza volante.

Arrivata a Fiumicino, riuscì appena in tempo a prendere un autobus per tornare a casa. Il viaggio sarebbe durato almeno cinque ore. Tutto sommato non si sentiva stanca. Aveva riscaldato il cuore, il corpo e la mente con la nuova atmosfera romana. Le ore in aereo l'avevano un po' infreddolita. Erano circa le tredici.

Dopo una mezz'ora tutto quel caldo aveva iniziato a darle fastidio. Non era più abituata, si sentiva mancare l'aria, il bus le sembrava una sauna, anche se gli odori all'interno erano ben diversi dagli aromi freschi e balsamici tipici di quegli ambienti che lei tanto adorava.

Ad attenderla, all'arrivo, il suo amore, Massimo.

Massimo era un ragazzo alto, ben piazzato, muscoloso, con i lineamenti del viso un po' duri. Aveva una carnagione molto scura, tant'è che quando teneva Linda per mano, ne usciva fuori un forte contrasto "black vs white".

Era un ragazzo semplice, che sentiva un forte legame con la propria terra d'origine. Aveva passato un'infanzia travagliata e questo lo aveva segnato. I segni che lacerano il cuore non tutti li vedono, sono accessibili solo alle persone alle quali permetti di vederli. Linda aveva scorto quelle ferite, le aveva anche toccate con mano delle volte, ma ciò non l'aveva spaventata. Lo amava, di un amore puro, disinteressato e non vedeva l'ora di poterlo nuovamente guardare negli occhi.

Erano circa le cinque e il sole era ancora caldo e luminoso; ondeggiava sulla pianura di periferia e colpiva con i suoi raggi le messi d'oro a tal punto che si percepivano scintille e fremiti. La vettura sarebbe arrivata in stazione di lì a poco. Linda aveva ripreso lo zainetto e si era messa a scrutare il paesaggio, come se non l'avesse mai visto prima o come se cercasse qualcosa. E finalmente, vide Massimo.

Lo vide, è vero, ma non lo riconobbe. Non era lui, non erano i suoi occhi. Era circa un anno che non si guardavano, ma sapeva che quelli che la vedevano scendere dal bus non erano i suoi occhi. Si abbracciarono di un abbraccio statico, statuario, oserei dire congelato. Neanche il calore del sole era in grado di scaldare quei due corpi che si toccavano.

Qualcosa non andava in lui, ma cercava, invano, di nasconderlo.

Si vedeva che le voleva bene, che era contento che fosse tornata, ma sembrava che l'amasse ormai di un amore sfiorito, che perdeva petali da tutte le parti.

Lui le sfiorò le labbra, dandole un bacio casto, fanciullesco. Lei non osò oltre.

Fecero entrambi finta di niente.

Parlarono del più e del meno, come se non fosse passato né un anno, né un mese di lontananza. Sembrava che il tempo non li avesse separati, ma in senso negativo.

Massimo era disinvolto nei movimenti, non era impacciato o intimorito, anzi. Era in attesa. In attesa di un segnale, di un'illuminazione, di un brivido che potesse riaccendere il suo amore per lei. E invece niente. Il cuore non fremeva, le vene non palpitavano, le farfalle nello stomaco avevano ceduto il volo a rondini migratorie.

Linda era preoccupata anche se non lo dava a vedere. Avrebbe voluto ricoprirlo di baci, di carezze, di dolci attenzioni, ma aveva paura. Non sapeva bene come comportarsi. Lui la tolse dall'imbarazzo e andarono insieme a trovare Maria in collegio.

Maria era la sorellina piccola di Massimo. Aveva sei anni ma anche una maturità che la rendeva già una signorina. Aveva gli occhi furbi e lucenti, morbidi capelli castani e una carnagione scura, tratto distintivo della loro famiglia. Appena vide Linda la serrò in un abbraccio interminabile. La adorava, la emulava e le voleva talmente bene da considerarla parte della famiglia. Da quando lei era partita, Massimo era stato costretto ad alloggiarla in un convitto. Non era triste come i collegi di una volta ma era pur sempre un collegio. Lui non era in grado di accudirla, passava quasi tutto il tempo al lavoro e desiderava per la sorellina il massimo dell'istruzione, quello che lui non aveva avuto.

Maria era felice di rivedere Linda dopo così tanto tempo. Le mostrò la maggior parte del giardino della scuola, scendendo giù fino al mare, iniziò a raccontarle le meraviglie, ansando, divorando le parole, con negli occhi una specie di barbaglio.

Massimo l'andava a trovare una volta a settimana, solitamente la domenica, ma mai con lui si era comportata così.

– Come sei cresciuta! – le disse Linda con tono materno.

– Lo so, i miei compagni già mi fanno il filo!

Massimo rimase alquanto turbato da queste parole, ma Linda seppe sdrammatizzare con una risata fragorosa.

Dopo essere andati via dalla scuola, Massimo riaccompagnò Linda a casa e si congedò.

– Sono stanco – si giustificò.

Effettivamente aveva gli occhi rigati da venature rosse, lucidi, come rigonfi di lacrime. Linda non sapeva che pensare, si sentiva spiazzata. Era una ragazza molto intelligente, si aspettava qualcosa.

– Che hai? – gli chiese timorosamente. – Da quando ho posato il mio sguardo sul tuo non ho sentito che gelo e repulsione. Sei ancora tu? Sei ancora il ragazzo che ho salutato sotto una pensilina della stazione un anno fa?

Massimo era impietrito: più marmoreo dell'Apollo del Belvedere. Peccato però che dell'Apollo avesse solo l'immobilità; ormai l'armonia, la bellezza e la fierezza che Linda aveva sempre riscontrato in lui erano sparite.

– Scusami, sono solo stanco. Ci vediamo domani, se vuoi.

"...Se voglio?!?" pensò Linda, ma non lo disse.

– Tu hai qualcosa che non va, sei distante, indifferente, esangue!

Gli aggettivi non le mancavano di certo e spesse volte Massimo non ne comprendeva interamente i significati. Se c'era una cosa su cui lui non poteva batterla in alcun modo erano le coloriture di linguaggio. E lui lo sapeva. Ecco perché non parlava. Non sapeva usare le parole, non sapeva come esprimere un'idea scomoda, difficile, in modo da non ferirla. Massimo era pienamente cosciente che, se fosse stato il contrario, se fosse stata Linda a dovergli comunicare parole faticose, avrebbe sicuramente usato un linguaggio retorico per addolcire la pillola. Lui no, era brutale, pragmatico.

Non era in grado, quella sera, di collegare i suoi pensieri alle parole. Preferì rimandare.

– Io esco con i miei amici, sai, loro sembrano contenti di rivedermi.

Come una freccia trapassò il cuore di Massimo, ma neanche una goccia di sangue ne fuoriuscì.

– Addio. – si congedò Linda.

Era un addio scenico, un addio teatrale. Lei non voleva davvero dire addio, voleva essere un arrivederci al momento opportuno.

Quella sera Linda uscì e si divertì molto. Aveva rivisto tutti i suoi amici più sinceri e aveva piacevolmente scoperto che era rimpatriata una sua cara amica d'infanzia. Questa notizia le era giunta all'orecchio per caso, mentre era al pub con la sua fedele compagnia. Franco, il proprietario del locale, era il cognato di Aurora, una storica compagna di avventure di Linda. Si può dire che le due ragazze avessero passato davvero intere giornate insieme a giocare in cortile, in primavera e soprattutto in estate, quando le ore del giorno sembravano non finire mai e la sera calava lenta e tiepida. Erano solite rimanere insieme sino all'imbrunire, adagiate sulle scalinate piastrellate del cortile, o allungate sul morbido prato in fiore. Spesso si ripromettevano di addormentarsi lì qualche volta, proprio su quelle margherite che ogni tanto si divertivano a a scerpare dal terreno inumidito dalla brezza marina. Tanti ricordi lieti erano legati a quella piccola figurina femminile, numerosi pensieri gioiosi e allegri.

Le loro strade si divisero quando Aurora si trasferì con la famiglia in Svizzera. Tante lacrime e tante promesse suggellarono il loro saluto, ma effettivamente ormai non si vedevano più da circa quindici anni. Erano rimaste in contatto per un biennio circa, dopo che Aurora se n'era andata. E inevitabilmente, con il passare dei mesi, i messaggi erano diventati sempre meno frequenti e le telefonate meno corpose. L'ultima volta si erano sentite per il compleanno di Linda, a marzo; Aurora le aveva inviato una lettera di auguri, scritta su una preziosa carta azzurrognola, molto odorosa. Linda la conservava con cura, all'interno del suo diario personale; era una delle poche carte che aveva riportato con sé in Italia.

Mentre sorseggiava il suo Martini bianco, rigorosamente con ghiaccio, limone e una sfiziosa oliva verde, un improvviso velo di malinconia l'assalì.

La mente lavorava vorticosamente e, a un tratto, Linda si estraniò totalmente dal resto del gruppo. Pensare agli anni felici e spensierati della sua gioventù l'aveva inevitabilmente condotta a focalizzare l'attenzione su Massimo.

Cosa stava facendo in quel momento? Stava davvero riposando? O era solo una scusa per non passare del tempo con lei? Nel qual caso non sarebbe stato un comportamento onesto e leale nei confronti di Linda.

"La sincerità prima di tutto" le ripeteva sempre. "Io ti dirò sempre tutto, non avrò mai segreti per te". Questo era ciò che Massimo le ripeteva sempre. "Non meriti menzogne da parte mia, non tu".

Linda ormai non partecipava più ai discorsi che stavano intrattenendo i suoi amici. Emanuele lo aveva notato già da un pezzo. La conosceva più di quanto potesse conoscerla persino la madre.

Avevano frequentato da sempre le stesse scuole, dalla materna alle superiori. All'università avevano preso strade diverse, per interessi diversi, ma non si erano mai persi di vista. Emanuele aveva subito compreso l'inquietudine di Linda.

– Lilli, sei tra noi? – le chiese affettuosamente, col nomignolo prediletto.

– Scusate ragazzi, perdonate la mia momentanea assenza, ero sovrappensiero.

Tutti i suoi amici, nessuno escluso, si domandavano dove fosse Massimo.

Linda, visibilmente imbarazzata, riferì il motivo per il quale Massimo non fosse presente. Nessuno di loro aveva apprezzato quel gesto, a quella notizia tutti allibirono. D'altronde Linda non poteva giustificarlo, non poteva.

Ginevra le toccò il braccio e le domandò con dolcezza:
– Che hai, Linda?

– Non so. Ho paura...

– Di che?

– Non so. Non ne ho colpa: sono apprensiva, sono così.
Ma i suoi occhi vagavano invece di fissare l'amica.

– Che cerchi? Vedi qualche cosa?

– No, nulla.

Le toccò di nuovo il braccio. Era freddo come l'acqua di sorgente.

Gli amici iniziarono a turbarsi.

– Linda, noi ti siamo vicini, restiamo con te.

Sedevano tutti ancora intorno al tavolo, aspettando che lei esplodesse in uno sfogo liberatorio. Il suo animo si dilaniava tra ansia e afflizione.

"Perché? Perchè?" chiedeva a sé stessa. "Perché mi sento così?"

Linda in realtà lo sapeva ma non voleva ammetterlo. Non aveva paura, era ben altro ciò che poteva spaventarla, ma non riusciva ad accettare ciò che intimamente già sapeva.

Si congedò e tornò a casa.

Poiché tutti dormivano, prestò molta attenzione a non fare eccessivi rumori. Si tolse le scarpe e camminò scalza. Ormai era sua abitudine, era diventato un gesto di routine. Si lanciò sul letto, dopo aver indossato un raffinato pigiama di seta.

Il sonno era profondo ma Linda non aveva distratto la mente con i sogni. Il letto sul quale riposava aveva dimenticato quel peso. Da quando era andata via nessuno più l'aveva usato. La madre lo utilizzava per ripiegarci i panni, per posare momentaneamente le lenzuola dopo averle lasciate asciugare sul balcone, ma nessuno ci aveva dormito.

Linda si rilassò placidamente tra il profumo di lavanda della biancheria appena lavata e l'odore di incenso che aleggiava nell'aria.

Chiuse gli occhi sentendo dentro di sé che qualcosa stava cambiando, che l'indomani qualcosa sarebbe accaduto. Massimo non si era fatto sentire, l'aveva ignorata per tutta la sera.

Nonostante tutte le preoccupazioni, riposò beatamente. Si sentiva leggera, libera, pulita. Lei aveva sempre tenuto una condotta ammirevole, era consapevole di essere stata onesta e sincera. Sempre. La notte passò indolente. Fuori dalla finestra le stelle splendevano meno intensamente rispetto agli astri scandinavi. Il tempo scorreva svogliato.

Erano le undici del mattino quando si svegliò. Emanuele passò sotto casa di Linda per portarla a fare colazione.

Vecchie abitudini che man mano riaffioravano: lo stesso bar, lo stesso cappuccino, lo stesso cornetto. Era una giornata particolarmente calda, nonostante ciò il cappuccino doveva essere rigorosamente bollente. Le piaceva scottarsi le labbra e poi sentir fluire quel liquido caldo nello stomaco. Era rigenerante, le dava la carica giusta per iniziare la giornata.

Vivendo e giocando

di Antonella Carpentieri

Stanca, dopo la giornata di lavoro, osservo la mia città: Roma. Una grande metropoli. Caotica ma pur sempre affascinante.

Mentre percorro Via Porta Cavalleggeri, nuvole grigie e bianche attraversano il cielo, ascolto il ticchettare delle suole dei passanti sul marciapiede, i negozi splendono di luce vivida.

Mi colpisce una donna che cammina nella mia stessa direzione, sulla cinquantina, paffutella, alta, capelli molto scuri, lunghi, di colore nero corvino, un nero eccessivo. Non naturali, penso. Porta occhiali neri con montatura stravagante, da diva anni trenta, molto sproporzionati per il suo viso. Conduce al guinzaglio un grazioso cagnolino, le sue orecchie vigili quasi a voler cogliere tutto ciò che succede intorno a sé, forse percependo anche lo stato d'animo della sua padrona. Mi viene da pensare al mio cane, Shana: una meticcia di mezza stazza, morta per anzianità 4 anni fa. Avevamo un legame molto forte e della sua scomparsa ho sofferto moltissimo. Ci bastava uno sguardo, una coccola, e ci capivamo. Mi piace pensare che tra lei e me ora c'è un ponte, un arcobaleno che ci fa stare insieme, che ci fa pensare io a lei e lei a me. Averla per me è stato veramente un dono, il nostro profondo rapporto di amicizia un vero atto d'amore.

Perdo la mia compagna di cammino che si ferma a osservare una vetrina. Mi piace pensare che sia felice.

L'aria è fresca, sa di fragranze autunnali, il clima è pittoresco, mi lascio cullare dal vento, mi ricarico e mi rilasso per scrollarmi di dosso stanchezza e affaticamenti.

Mi viene in mente una frase di Friedrich Nietzsche: «Penso che l'autunno sia più uno stato d'animo che una stagione».

Dirigo i miei passi lungo Via delle Fornaci. Quasi a voler rallentare il tempo, decido di entrare nel bar "L'Incontro", al numero 53 della via, per prendere qualcosa. Ordino un prosecco e patatine; sorseggio il mio drink gustandone il profumo che mi sale lungo le narici.

Il rumore costante e insistente di una slot machine attira la mia attenzione: un uomo è intento a giocare. L'immagine mi riporta indietro nel tempo. I ricordi si fanno largo nella mia mente e s'imprimono nel mio cuore. Comincio a rivedere momenti e sensazioni già vissute.

Sono un'educatrice di comunità, specializzata in tossicodipendenze, alcolismo e dipendenze in genere. Anni fa, ero impegnata in un corso di aggiornamento sul gioco d'azzardo patologico. Il corso, oltre alla parte teorica, prevedeva lo svolgimento di attività pratiche. Arrivato il momento della parte pratica, il relatore aveva molto insistito, fra l'altro, sulla cura della nostra persona.

– Mi raccomando, dovete farvi belle e profumate; il vostro aspetto fisico, la sicurezza derivante dalla vostra professionalità sono componenti importantissime necessarie a favorire il primo approccio con persone affette da ludopatia.

Arriva il giorno fatidico; Il campo scuola è una sala giochi si va tutti in sala giochi. Potete immaginare la tensione emotiva. Entriamo.

Mi colpisce il silenzio e il rumoreggiare delle macchinette; quel rintronare prolungato, quel divertimento assicurato tra effetti laser e giochi di luce, che provocano nel giocatore un falso sollievo dai propri vissuti e sentimenti. Slot machine, apparecchi da intrattenimento, occasione di sfida tra uomo e fato e tra uomo e uomo. I silenzi dei presenti fanno rumore, mi parlano, percepisco in loro l'impulso a giocare, l'aspetto ludico secondario. Gioco come effetto analgesico per sfuggire a crisi o difficoltà. Sensazioni ed emozioni pervadono il mio essere, si perde la percezione del tempo. La cosa più importante è GIOCARE.

Un uomo vestito di tutto punto.: lo osservo da un po'. Il tempo scorre velocemente, guardo l'orologio, meravigliata dico tra me e me: "è già passata mezz'ora". Osservo i suoi lineamenti, i suoi capelli, le sue mani, i movimenti ripetitivi a oltranza quasi da robot. Coazione a ripetere: necessità imperante. Decido di avvicinarmi a lui. Continua imperterrito, io presenza estranea non percepita né vista. Lo osservo, mi avvicino sempre di più cercando di attirare la sua attenzione. Difficile, neanche l'essermi profumata oltremodo lo distoglie.

Mi viene una riflessione: certo che per un giocatore d'azzardo è molto difficile chiedere aiuto, è più facile accettare e ammettere di perdere il controllo assumendo sostanze, che ammettere di perderlo a causa di un comportamento. Mi chiedo cosa spinga quest'uomo a estraniarsi da se stesso e dagli altri. È passata un'altra mezz'ora. Lui e la sua slot machine, lui e la sua adrenalina. Tutto è estasi, estasi fittizia. Mi avvicino ancora di più, io per lui non ci sono. Lui e la sua slot machine. Sfodero tutte le mie armi femminili. Né i miei atteggiamenti, né il mio look lo distolgono dal gioco. Decido di far finta di inciampare, anzi inciampo! Sono accanto a lui. Finalmente si accorge di me. Ottimo, sono riuscita a distoglierlo dal suo giocare. Ho attirato la sua attenzione. Ci osserviamo. I suoi occhi hanno una luce malinconica, alla fine si ferma. Ci presentiamo.

– Piacere, Antonella.

– Piacere, Alessandro.

Mi presento professionalmente e gli dico come mai sono in quel contesto. Mi ascolta attento e incuriosito. Inizia a dirmi qualcosa di sé, mi accenna qualcosa della sua storia e della sua compulsione al gioco.

Gli propongo di venire per un colloquio nella struttura dove lavoro, la Fondazione "Villa Maraini". L'Agenzia Nazionale per le tossicodipendenze della Croce Rossa Italiana fondata da Massimo Barra nel 1976, con servizi per la cura, la riabilitazione da tossicodipendenze, abuso di alcol e gioco d'azzardo patologico.

La strategia è adattare la cura al soggetto e non viceversa, costruendo insieme a lui un percorso di cura. Proprio quello che metterò in atto con Alessandro accogliendo i suoi tempi e le sue ricadute con pazienza momento per momento, incontro dopo incontro.

Gli fisso un appuntamento per il giorno dopo alle ore 12:00 e gli lascio il nostro bigliettino da visita. Alessandro salta il primo appuntamento, mi telefona dicendo che non ce la fa a venire. Gli do un secondo appuntamento, questa volta arriva puntualmente.

Da quel giorno, insieme, iniziamo il viaggio verso il conoscersi e la cura: come tenere sotto controllo la compulsione al gioco, come saper ascoltare la sua malinconia, le sue tristezze.

Questo suo comportamento compulsivo connotava una vera e propria dipendenza perché era centrale nella sua vita dedicarsi ad attività legate alla possibilità di giocare e alle emozioni in scariche adrenaliniche che si procurava nei momenti topici del gioco. Era il gioco, solo il gioco che ad Alessandro provocava piacere. Era diventato una sorta di vero e proprio bisogno che, se non riusciva a soddisfare, gli provoca malumore e irascibilità. Dipendenza senza sostanze, gli stessi comportamenti che si manifestano nelle persone che hanno a che fare con la dipendenza da sostanze. Dal punto di vista sociale, affettivo ed economico Alessandro aveva fatto tabula rasa fuori e dentro di sé. Tutto era rivolto al gioco, era nel gioco che si sentiva in vita.

Passava il tempo, seduta dopo seduta Alessandro acquisiva un minimo di consapevolezza. Aveva toccato il fondo in tutti i sensi, messo a rischio il suo lavoro, i suoi affetti, i suoi legami, se stesso. Viveva un'esperienza dissociata, il gioco, l'adrenalina, la realtà quotidiana.

In modo cadenzato, ci si vedeva per le famose "sedute di consapevolezza": così le chiamava Alessandro. Iniziò anche a partecipare a dei gruppi con persone aventi i suoi stessi problemi. Anche la sua famiglia iniziò a essere seguita, a fare colloqui e partecipare ai gruppi di sostegno rivolti alle famiglie.

Alessandro metteva sempre più a fuoco il suo modo di funzionare.

Il gioco per lui, da simbolo vitale, diventava un sintomo distruttivo. Si scopriva malato di gioco. La dipendenza come sintomo, come punta di iceberg dove il sintomo è la dipendenza ma dietro c'è molto altro.

Con l'astinenza dal gioco, tutto ciò che c'era sotto veniva a galla. Alessandro iniziava a fare i conti con l'astinenza assoluta dal gioco e con tutto ciò che era dentro di lui, la sua malattia emozionale.

Gli proposi di scrivere un diario di viaggio dove poter annotare tranquillamente le sue ricadute. Il mio rispetto verso Alessandro era incondizionato; questo lo tranquillizzava e lo faceva sentire accolto, non era obbligato a fingere. Nel suo primo colloquio iniziò a raccontare la prima volta che era andato a giocare a una slot machine, da lì era iniziato il suo calvario con le macchinette. Il primo gettone si vive come una sfida alla fortuna, poi, di tutti gli altri nemmeno ci si accorge. Diventa un vortice pronto a risucchiarti. Prima di ammettere a se stesso la gravità del problema, aveva evitato per anni la situazione che poteva far scoprire il suo dramma. Finiti i risparmi aveva iniziato a indebitarsi con parenti e amici, era come se fosse sceso in uno dei gironi dell'Inferno. Vincere a quelle dannate slot lo faceva sentire vincente; vincente almeno in un campo nella vita. Ricadde più volte ma andammo comunque avanti nel suo lungo e tortuoso viaggio. L'importante era che fosse sincero, parlare di ogni ricaduta e capire cosa gli succedeva a livello emotivo prima di ricadere. Sgranava volta per volta sentimenti vissuti e appesantimenti, per poi arrivare ad affrontare il tutto con strumenti e modalità diverse. Si sentiva sempre di più accolto da me, accolto nelle sue difficoltà e questo lo fortificava sempre di più. Iniziava a instaurare con me un rapporto di fiducia e collaborazione.

Il percorso fu lungo e complesso; si sentiva sempre più supportato e questo gli permetteva di recuperare la stima in se stesso, migliorare i rapporti umani.

La formula giusta per la guarigione era indurre una profonda necessità di riformare e formare legami, entrare in contatto gli uni con gli altri. L'amore è affidarsi, confidarsi, fidarsi, si impara a vivere, a riconoscere i propri limiti e a oltrepassarli. Il rapporto intimo che stava instaurando con me ora poteva riproporlo nei suoi rapporti esterni, familiari, di coppia e con i figli, e questo lo rendeva forte, sgretolava sempre più dentro di sé la paura.

Incontro dopo incontro parlava del suo timore di ricadere, di sbagliare ancora, di non farcela. Temeva che i suoi vecchi schemi potessero riattivarsi in modo automatico, anche se lui lottava. Di nuovo c'era che aveva voglia di attivare difese che lo proteggessero dalla minaccia di ricadere. Sul diario di bordo iniziavano a esserci sempre meno annotazioni di ricadute fino a che quelle pagine rimasero bianche. Imparò a non voler più utilizzare la scarica di adrenalina che provava nei momenti topici del gioco, imparò a guardare i suoi aspetti legati alla sfera relazionale. Si rese sincero come forse non lo era mai stato. Un giocatore è bugiardo per natura e le bugie più importanti le dice a se stesso, senza intenzioni malevole e spesso senza scopi consapevolmente strumentali, cadendo nell'autoinganno. Utilizzammo questa capacità camaleontica nei nostri colloqui. La cura passa anche attraverso una revisione del modo di rappresentarsi e raccontarsi. Questo fu uno dei tanti passaggi cruciali per Alessandro per avvicinarsi a una piena riabilitazione.

Il raccontarsi gli permise di scegliere azioni diverse. Non fu facile inizialmente costruire il nostro rapporto. L'approccio tra due sconosciuti è difficile, è complicato imparare a conoscersi e condividere. Si teneva duro nel cuore e nell'anima, si sopravviveva insieme alle fratture non risolte e si ripartiva con un nuovo incontro/colloquio.

Ricadde più volte, faceva il pieno di adrenalina per poi cadere in una depressione abissale, era un boomerang il suo reiterare. Come affrontare la noia delle situazioni facili? Era pur vero che la paura e il giocare gli provocava brividi di terrore, ma erano pur sempre brividi. Difficile stare nella vita quotidiana. Alcune volte era ostinato come un mulo. Sembrava si preparasse alla ricaduta, restandosene solo e triste, alimentando la sua tendenza autoditstruttiva.

Tornava spesso al punto di partenza: la paura. La paura di aprirsi, di mettersi in gioco, di uscire dalla propria zona di comfort anche se negativa. La paura e il dolore si possono attraversare solo utilizzando le proprie energie. Eppure spesso ci si convince, ci si illude che ci si può esimere dal rischio di sentire. Colloquio dopo colloquio, il nostro rapporto si intensificava e diventava più autentico, scorporavamo insieme emozioni e sofferenze, la sua paura era la mia, la mia forza iniziava a diventare la sua. Questo interscambio di autenticità rafforzava me e rafforzava lui. Alcune volte Alessandro era atterrito dalle cose che gli chiedevo di fare, non dubitava di me ma aveva paura di se stesso. Lo affascinava la mia dolcezza, la mia calma lo rendeva forte.

In un colloquio riuscì a raccontare del fanciullino che era in lui, riuscì a piangere e a dire quanto fosse triste e malinconico. Insieme ai miei colleghi lo coccolammo e lo tranquillizzammo. Riuscì a risalire alle mancanze che aveva vissuto, per poi comprenderle, accettarle e guarirle.

Molte furono le ricadute e le ripartenze. Appuntavo i miei pensieri su carta, alcune volte emergeva un mio benevolo pessimismo ma poi ripartivo con grinta. Alessandro aveva una sete inesorabile d'amore e questo mi motivava, era la chiave giusta per proseguire. Si ampliavano emozioni e sentimenti, gli trasmettevo la mia passione per la vita, specialmente per le piccole cose.

Raccontando desideri, mancanze e nostalgie, si avviava verso un polo positivo caratterizzato da un atteggiamento costruttivo, attivo; mobilitava tutte le sue risorse psichiche, intellettuali ed emotive per affrontare le sue situazioni di difficoltà.QQqq aa

Iniziare un cammino di rinascita verso quella vita che già dal mattino dà energia, ci fa sentire amati; l'emozione di essere una persona fa riscoprire il bello della vita. Il percorso è lungo. Si cerca l'origine di quel meccanismo mentale che spinge alla ludopatia e si affrontano i conflitti interiori.

Alessandro inizia ad amarsi, a sentirsi amato dalla sua famiglia e da noi operatori. L'amore è una delle chiavi fondamentali per curarsi, è una potente forza. Non può esservi salute e gioia senza amore. Qualsiasi cura per essere efficace ha bisogno d'amore. Non è mai bianco o nero, ma presenta un'infinità di colori e di gradazioni. Ci si trova nel cammino della vita con diverse dosi di amore, tutte in funzione di tantissime variabili. Ognuno di noi ha tanto amore dentro di sé ma bisogna imparare ad amare, prima se stessi, poi per poter sapere amare gli altri e il mondo. L'amore è la più prodigiosa delle medicine, che potenzia sempre la terapia. Contro ogni previsione si torna a vivere, perché ci si sente letteralmente chiamati alla vita. L'amore dà uno spessore e un sapore diverso al tempo: lo riempie di colori, passioni, musica ed emozioni. Ci si ritrova a riassaporare le piccole cose della vita: la compagnia degli amici, la famiglia, i fiori che sbocciano, una giornata di sole.

Arrivano altre vincite da rincorrere. Le famiglie tornano a vivere, si ricompongono, i figli tornano al centro di tutto. Riuscire a vivere, a conoscersi, ritrovare il coraggio di chiedere, di sentirsi uomo, perché le cose possono andare bene e possono andare male a seconda di come noi stessi le influenziamo. Alessandro iniziava a dire: "voglio".

Voglio essere sempre presente, voglio essere una persona migliore, voglio vivere per me, per la mia famiglia, voglio l'amore, voglio darmi l'amore. Una buona relazione affettiva e amare se stessi sono la forma migliore per ritrovarsi e, mentre si migliora, si arricchisce anche il mondo circostante.

Iniziò il suo cambio rotta. Non più gabbie dentro di sé. Sviscerava la propria intimità.

Alessandro, un grande uomo, un guerriero, un temerario, ce l'ha fatta a vivere, a saper prendersi cura di sé. Libero dalla schiavitù, è pronto a ricostruire la sua vita, passo dopo passo. Finalmente è fiero di sé, pieno d'amore.

Io, nei momenti tristi, difficili e malinconici della mia vita, penso ad Alessandro, al suo coraggio, alla sua voglia di farcela, e oggi per me è uno di quelli che ce l'hanno fatta.

Mi sento felice perché insieme abbiamo percorso tre anni della nostra vita. Lui mi ha dato tanto, io gli ho dato tanto, e oggi che è un momento di cambiamento, per certi versi, anche della mia vita, lui è per me è un esempio.

In alcuni momenti di estrema tristezza, di paura e malinconia, so che nel dare si riceve, e che l'esperienza affettiva dell'altro ci può dare molto, aiutandoci a non buttare la spugna, ad andare avanti, con il baricentro su noi stessi e lo specchio riflesso sull'altro. Si cambia la fisionomia, l'effetto orticaria scompare; si incontra l'entusiasmo e ci si armonizza. Questo è amore, felicità, a prescindere dagli accadimenti nella nostra vita.

Dentro di me scorrono immagini, penso al cielo, una nube che corre... e come donne che corrono e ballano coi lupi procedo alla vita. L'amore in fondo cura e infonde coraggio, l'amore è un'energia che ci avvolge, energia vitale... si cambia prospettiva, si riconosce la bellezza che è in noi e nell'altro, guardando i nostri limiti e i limiti dell'altro.

Modelli che testimoniano l'esperienza reale e concreta dell'amore condiviso, d'altronde non esiste un'altra strada percorribile. Queste le parole che ripetevo spesso ad Alessandro e che sono il passe-partout per una buona vita. Questo è l'antidoto che ha permesso ad Alessandro di farcela, come del resto a ognuno di noi nelle difficoltà.

Appuntamento con l'amore

di Gherardo Pozzi

Era estate, il caldo rimaneva attaccato sui vestiti e l'aria era soffocante ma a me non dava fastidio, anzi, devo dire – se ben ricordo – che mi cullavo nei lunghi pomeriggi senza fine, appena dopo pranzo, su una panchina assolata leggendo i miei libri, assaporando i miei pensieri e, alle volte, ascoltando le mie canzoni preferite, di una bellezza cupa come il mio animo di allora, come il mio cuore rimasto sempre in odore di disperazione.

Non sono cambiato molto rispetto a quando, ancora fanciullo, camminavo solo nel bosco di castagni che lambisce il villaggio dove trascorrevo le vacanze estive con la mia famiglia; è un bosco meraviglioso, sembra uscito da una dolce fiaba di fate e il silenzio che si respira è così vitale da non riuscire a sopportare il minimo rumore, nel momento in cui si rientra in quello che viene considerato il mondo civilizzato.

Non ero tranquillo e non lo sono nemmeno ora, la mia mente ha sempre ragionato in modo parallelo rispetto alla realtà che mi circondava o, ad ogni modo, così era all'epoca; in modo particolare, avvertivo la mia presenza tra gli altri, cercando di ascoltare il vento nella sua direzione maestra, senza assecondare un istintivo movimento verso angoli remoti e in apparenza scuri, bui. Ma non era la mia strada, questo l'ho intuito molto presto, quando il dolore è divenuto tagliente, quando il cuore mi si arrossava di continuo e spegnendo le luci della ribalta le lacrime scendevano lente rigando un viso con un sorriso amaro.

Era d'estate, un tempo così lontano, era d'estate quando cominciavano le prime scorribande del cuore, quelle stesse che portarono in fretta delusioni e amarezza, amori accennati d'un lampo che divenivano senza fiato l'alibi misterioso di una sofferenza ben più ampia e profonda.

La cosa che caratterizzava le mie giornate era l'amarezza, un senso di colpa divenuto patologico verso il quale portavo un grande immenso rispetto, che gli permetteva di dominarmi, di regolare le mie ore, le mie giornate senza quiete.

Massimo era pronto con il suo motorino acceso, ben truccato, come si diceva allora, e del resto tutti avevamo un piccolo bolide che ci sembrava potesse rendere maggiormente significative le nostre giornate, che si susseguivano un po' annoiate ma con la speranza in fondo che potessero portare qualcosa di bello e di unico.

Avevamo deciso di andare a fare un giro in montagna passando attraverso le vie secondarie sterrate che dal paese portano verso la vetta attraverso percorsi immersi tra i boschi di castagni che, a un certo punto, lasciano il posto a faggi così fitti che sembrava si dovesse entrare in una notte eterna.

Dovevamo raggiungere una piccola pista a forma di otto, che veniva utilizzata dai piloti di motocross per allenarsi prima delle gare e che poteva essere pericolosa se affrontata con motorini più o meno sgangherati.

Ma per noi la cosa importante era arrivare a quel luogo considerato quasi al limite dell'accesso consentito a noi fanciulli in fase di crescita e infatti cercavamo di arrivarci solo nelle ore della sera, quando eravamo quasi certi che non ci sarebbe stato nessuno dei ragazzi più grandi.

Ma io non ero sereno, non lo ero affatto.

Oggi, questa mattina, mi sono svegliato verso le sette e ho ricordato un sogno della notte, dove io ero al centro di una piscina avvolto da uno scialle scozzese e cercavo di raggiungere, senza riuscirvi, il bordo piastrellato dove potermi appoggiare e riprendere fiato.

La sensazione di rimanere senza fiato, per me un classico, nel senso che l'ho provata spesso anche durante la fase di veglia più o meno razionale del quotidiano, e mi lascia sempre un senso di affaticamento dal quale mi riprendo solo dopo un piccolo percorso di analisi e di razionalizzazione della reale situazione in cui mi trovo.

Sono introverso, l'ho scoperto con gli anni, con l'andare avanti del tempo attraverso stati di malessere che cercavo e cerco ancora oggi di tenere per me, non perché mi vergogni o mi senta in difetto nei confronti di qualcuno o qualcosa ma perché ho imparato che non serve a molto esternare il proprio intimo stato, in modo particolare se la platea è composta da persone un po' spesse a livello di possibilità di essere raggiunte da stati emozionali altrui.

Eravamo quasi giunti al primo pianoro, dove ci potevamo riposare e bere l'acqua di una sorgente, che sgorgava veloce e lieta, anche se durante l'estate la siccità rendeva meno vigoroso il suo flusso così limpido, puro, dal profumo di rosa, almeno così io sentivo.

Era la sorgente dove gli animali del bosco si nutrivano durante la loro vita, io ne ho visti un paio una volta e ho provato una gioia immensa, assieme certo a una piccola paura, del tutto classica e normale credo verso ciò che non si conosce, ciò che si è solo visto al cinema o nei libri di geografia a scuola.

Era la sorgente dei sogni, ci andavo spesso con mia nonna, era la nostra meta preferita, forse era ciò che dava una sorta di specifico senso alle nostre passeggiate, del resto così belle, armoniose, serene da non poterle ricordare senza un affetto e una nostalgia senza fine.

La meraviglia di partire nel silenzio del mattino presto, attraversare una natura appena sveglia, ancora un po' assonnata e pronta ad accogliere noi, piccole anime perse nei meandri di un tempo non ancora pronto, non del tutto compreso.

Eravamo stanchi, il caldo si faceva sentire, i panieri si stavano riempiendo in fretta di more e lamponi e le fragoline selvatiche di un rosso oramai dimenticato erano quasi ancora acerbe, eppure di una dolcezza rara, un profumo di lavanda a tappezzare il fondo, come fosse un soffice letto dove accogliere i frutti colti nel bosco.

I più fortunati e bravi avevano anche raccolto alcuni porcini di un marrone scuro, talmente belli e perfetti nelle loro forme che pensavo fosse quasi un peccato coglierli e non lasciarli abitare la loro terra, magari al riparo di un frondoso tronco di castagno.

Il castagno è il mio albero del cuore, ho un affetto particolare nei suoi confronti, è sempre stato così, o meglio lo è dal tempo in cui ancora fanciullo ho iniziato a girare i boschi che lambiscono il paese di San Lorenzo, il piccolo villaggio dove non sono nato ma è come se ci fossi sempre stato, è il posto cui sono legato da un ricordo costante, unico, bello ma al tempo doloroso e malinconico, lo stesso sentimento che credo si possa provare nel vedere un figlio crescere e poi invecchiare; un sentimento di gratitudine nei confronti della vita che può dare la possibilità di vivere e sentire determinate sensazioni uniche ma al tempo stesso una forte nostalgia rispetto al tempo alle volte tiranno, che passa più veloce di quello che possiamo percepire.

Ad ogni modo, oggi non torno quasi più nei miei boschi e nei borghi di un tempo, proprio perché tornare vorrebbe dire conficcare un piccolo coltello nel cuore, riaprire magari delle piccole ferite che la lontananza fisica poteva aver levigato e curato con pozioni magiche.

Lo dico a ragion veduta, dal momento che ci sono tornato e ho sempre provato una forte tristezza e un senso di inadeguatezza, sul quale ho ragionato e lavorato ma rispetto al quale non sono ancora in grado di dare una risposta definitiva; certo, il tempo passa ed è trascorso rapidamente, io non sono più il ragazzotto di tanti anni fa, ma un legame così stretto, così particolare e così bello non pensavo potesse esistere nei confronti di un luogo, un bosco, una casa, un angolo di cielo che mi ha visto crescere, che è stato testimone oculare delle mie prime cotte, delle sofferenze, dei dolori; dovrei dire anche di gioie e soddisfazioni, ma al tempo non ero in grado di godere del tutto delle cose belle, o meglio non mi sentivo all'altezza di poter godere delle cose oggettivamente belle che mi stavano forse capitando.

Stanotte ho sognato la sorgente del bosco vecchio, accanto al capanno di Nazareno, un anziano che abitava in paese e che era già ottantenne quando io avevo sui dieci anni forse undici.

Ho sognato che si partiva presto e che ciascuno aveva la sua borraccia da riempire e da portare a casa come un piccolo enorme trofeo, come se poi stessimo andando a cercare un tesoro e a casa ci stessero aspettando convinti che non l'avremmo trovato.

Era un tesoro raro in realtà durante la stagione estiva, perché il caldo secco che durava per settimane senza che potesse piovere rendeva le sorgenti, e questa in particolare, una preda della siccità e impediva a noi di poterci rinfrescare con la sua acqua gelida, limpida e profumata di buono.

Massimo si era appena alzato per riprendere il cammino dopo la pausa, e così ci alzammo tutti e riprendemmo in mano i nostri bolidi per incamminarci lungo il secondo tratto di salita sterrata che ci avrebbe portato alla pista del trofeo d'agosto, dove avremmo potuto testare con mano le nostre capacità rispetto all'anno precedente, dato che era la prima volta che ci tornavamo dopo la pausa invernale; durante la quale ciascuno di noi abitava nella sua città di adozione e la mia in modo particolare si trova in pianura, e l'inverno dalle mie parti è una stagione con rari sprazzi di sole opaco e cupo e dove a quei tempi la famigerata nebbia poteva durare settimane intere senza pausa, forse anche due mesi di fila senza che io potessi vedere il palazzo di fronte alla finestra della mia camera. Era una bella sensazione in realtà, era come trovarsi in un posto sospeso del cielo, galleggiante tra nuvole di un bianco sporco e piangenti lacrime d'acqua dolce.

A quei tempi anche il freddo era pungente, umido, entrava nelle ossa e non c'era modo di coprirsi o mettersi al riparo da febbre e raffreddore; l'unico modo era rintanarsi nelle case, attaccarsi ai termosifoni, e cercare di bere una bella cioccolata calda mentre lo studio mi scaldava il cuore.

Ho sempre amato leggere e studiare, e devo dire che farlo mentre fuori incombe l'inverno e le condizioni del tempo sono così minacciose dava alle giornate sui libri un senso di assoluta gioia, almeno per me.

Non ho mai amato troppo uscire senza che ne avessi un reale bisogno, intendo uscire tanto per fare qualcosa, tanto per far passare le ore nell'attesa della notte, nell'attesa che il giorno nuovo ricominci uguale o molto simile al precedente. Preferivo di gran lunga rimanere in casa, anche a guardare il soffitto, dove vedevo proiettati i miei pensieri, le mie immagini intime, i miei ricordi e spesso su quel soffitto bianco fresco di nuovo rivedevo molto nitidi i miei pomeriggi sul Monte Amiata, le mie passeggiate che divenivano le nostre vite assolate, le nostre attese di un futuro che non riuscivamo a immaginare, per un amore appena sbocciato o per quello che noi pensavamo fosse amore.

Un amore unico senza freni, senza possibilità di tornare suoi propri passi, un amore che ritenevo assoluto, l'unico e ultimo che mi potesse capitare, che potessi vivere, come se non ci potesse essere una seconda possibilità, sempre che una prima si fosse presentata e avesse bussato alla mia porta.

Non ho mai avuto mezzi termini per quel che riguarda il rapporto con le mie emozioni profonde, o tutto o niente, o amore assoluto verso l'eternità o solitudine a oltranza e incapacità di rapportarsi a un'altra persona; questo mi ha creato sempre un forte dolore cupo e sordo ma l'abitudine lo ha reso parte della mia personalità, parte della mia naturale introversione e credo ancora oggi di non poterne fare a meno; mi potrei stupire nel caso dovessi prendere le cose con la loro giusta leggerezza, non certo superficialità, ma con quel pizzico di leggerezza che le potrebbe rendere almeno sopportabili e in modo particolare fonte di un seppur minimo piacere.

Eravamo oramai molto vicini alla pista di sabbia battuta e il sole stava abbassando lo sguardo verso l'orizzonte rendendo l'aria più fresca, profumata di legna bruciata, di attimi di una sera che stava bussando alla porta del bosco e che ci stava per accogliere nel suo candido abbraccio.

La pista, come pensavamo, era deserta, la sabbia ancora calda per tutto il sole assorbito e per le gomme che l'avevano solcata fino a una ventina di minuti prima che noi arrivassimo.

Spenti i bolidi, ci mettemmo a fumare una sigaretta e a goderci la pace di un silenzio irreale, di una bellezza senza confini, senza tempo, senza padroni... ma io non ero sereno, c'era sempre qualcosa che mi doveva disturbare, qualcosa di sottile e trasparente che però rendeva amara l'aria limpida che avrei potuto respirare a pieni polmoni; ma se l'avessi respirata in modo naturale non sarei stato me stesso, questo l'ho capito molti anni e molta sofferenza più tardi, quando ho realizzato la coscienza di una personalità che tendeva e tende a un'introversione assoluta, acuta, oltre il limite dell'umana sopportazione.

C'è da dire che oramai fa parte di me questo modo di essere e di sentire, quindi riesco ad adattarmi alla mia natura selvaggia meglio rispetto a quando cercavo di combatterla. Non si tratta di combattere qualcosa, non si tratta di una guerra, poiché su questo piano sarei sconfitto in partenza, anzi ancor prima che si possa partire; si tratta di accettare e accettarsi, forse più la seconda o, per meglio dire, prima la seconda e poi la prima, dato che non accettare il proprio intimo essere rende del tutto improbabile poter accettare gli altri.

Io decisi in quel momento che quel pomeriggio non avrei solcato la pista bollente ma sarei rimasto seduto su un sasso a guardare le roboanti traiettorie dei miei amici, mentre lo sguardo cercava desolato nel cielo sopra la mia testa uno spiraglio che fosse d'amore.

Pensavo a lei rimasta in paese, a lei che forse amavo, a lei che forse non mi avrebbe mai ricambiato, a lei che stava nascendo in me come pura ossessione.

Pensieri che circolavano senza sosta, attimi di sconforto seguiti da istanti lampo di piccole speranze, arginate subito dal mio razionale pessimismo.

La sera era scesa e non si vedeva più in lontananza, i suoni del bosco ci accompagnavano verso un ritorno, verso quella casa che mi avrebbe accolto e coccolato come solo lei sapeva fare.

Lei non c'era, era andata al mare e sarebbe tornata solo la settimana successiva.

Pensavo a lei.

Chissà cosa stava facendo.

In realtà forse era meglio che fosse andata lontano, in realtà non sapevo io cosa fosse meglio e, nel caso, per chi fosse meglio.

Quella notte dormii male, continuai a svegliarmi, a volte con un urlo, come di persona colpita a morte da una saetta.

Quella notte non passò e forse non è mai passata.

Lei tornò ma io non mi presentai all'appuntamento con l'Amore.

Identità personale

di Donato Di Pasquale

Interno notte. Ingresso soggiorno al buio. Tre mandate. La porta si apre.

– Sei tu, Anna?

Lei entra con fare stanco, accende la luce.

– Sono io, mamma... – Prende gli effetti a due mani e li mette dentro allo svuotatasche sul mobiletto, vicino alla porta d'ingresso.

– Ha telefonato Giulia.

Lentamente si toglie il piumino e lo appende all'attaccapanni.

– Ok... – Si toglie l'orologio, i braccialetti e gli orecchini.

– Ha detto che richiama.

Le scarpe e i vestiti.

– Ok...

– Ha detto che richiama dopo cena.

Le calze e l'intimo.

– Va bene mamma, adesso mi faccio una doccia... sono molto stanca.

– Va bene tesoro... la cena è già pronta.

Anna fa la commessa in un negozio di abbigliamento. È stata una giornata come tante, oggi. Otto ore di servizio pagate così così. Non è mica assunta, figurarsi! Sta facendo il periodo di prova. È molto stanca e giù di morale. Si infila nella doccia e si prende il primo getto d'acqua in piena faccia. Esce dalla doccia. Si copre e si deterge col grande asciugamano appeso alla parete; con quello piccolo si asciuga con cura i capelli, mentre si porta davanti allo specchio appannato. Prende il fon dal cassetto, posto nel mobiletto a fianco del lavandino, infila la spina nella presa, regola il flusso di aria calda e lo spara sul vetro, spannandolo in pochi secondi. Si guarda, ha l'aria stanca. Rimane ferma a osservarsi per un po'; dopo, con calma, regola di nuovo il flusso di aria calda del fon e lo dirige sui capelli bagnati. Li pettina e li raccoglie dietro alla nuca.

È nella sua camera da letto, si veste, mette su un jeans e una maglia; calza un paio di pantofole a forma di orsacchiotto, chiuse al tallone, e si muove verso la cucina. Affronta la cena: zucchine lesse e una mozzarella.

– Hai l'aria stanca.

Accende il televisore.

– Sei sicura di voler continuare con questo lavoro?

Case interamente in alluminio.

– Mamma, lasciami in pace, per favore.

Display LCD retroilluminato, attivo sull'intera area frontale del dispositivo, e protetto dallo straordinario Iron Glass, cui ci ha ormai abituati CoolPhone.

– Come vuoi, tesoro, però secondo me questo lavoro non fa per te.

La più straordinaria delle password: i vostri occhi...

Anna sparecchia la tavola, carica tutto nella lavastoviglie ma non l'accende. Si mette comoda sul divano e accende lo smart TV led SAMSUNG curvo ultra HD 4K da 78 pollici.

Case interamente in alluminio, display LCD retroilluminato, attivo sull'intera area frontale del dispositivo, e protetto dallo straordinario Iron Glass, cui ci ha ormai abituati CoolPhone. La più straordinaria delle password: i vostri occhi...

Squilla il telefono. Anna risponde: – Ciao befana!
– Ciao strega!
– Che fai domani?
– Domani lavoro, IO!
– Seee, dicevo nel pomeriggio...
– Mah, niente di particolare...
– Ti va di fare un salto al centro commerciale?
– Perché no! A che ora?
– Diciamo alle quattro, va bene per te?
– Ok, ci vediamo davanti a MediaWorld!

Case interamente in alluminio, display LCD retroilluminato, attivo sull'intera area frontale del dispositivo, e protetto dallo straordinario Iron Glass, cui ci ha ormai abituati CoolPhone. La più straordinaria delle password: i vostri occhi...

Anna va a dormire... {*... alluminio, display LCD... intera area frontale... Iron Glass... CoolPhone... straordinaria password: i vostri occhi...*}

L'indomani, davanti al MediaWorld.
GIORNATA SPEZZA-PREZZI. ACQUISTA COOLPHONE CON LA CARTA CLIENTE E RIPARMI IL 30%.
– Ciao Befana!
– Ciao strega!
– Hai visto che storia?
– Entriamo, diamo un'occhiata.
Anna e Giulia sono davanti al video wall.

Case interamente in alluminio, display LCD retroilluminato, attivo sull'intera area frontale del dispositivo, e protetto dallo straordinario Iron Glass, cui ci ha ormai abituati CoolPhone. La più straordinaria delle password: i vostri occhi...

Anna si reca al desk informazioni e si rivolge all'operatore di turno. Un giovane uomo, glabro, sulla trentina, capelli rossi, labbra sottilissime.

– Vorrei fare la carta cliente.

– Ma certo signorina, sono subito da lei!

– Il 30%... sono bei soldi...

– Hai voglia!

Torna l'uomo: – Allora, signorina: nome?

– Anna.

– Cognome?

– Rossi.

– Data e luogo di nascita?

– Milano, 21 marzo 1997.

– Codice fiscale?

– RSSNNA97C61F205D.

– Numero di telefono?

– 0123456789.

– E-mail?

– rossianna1997@hotnail.it

– professione?

– Disoccupata.

– Residenza?

– Milano, Via Flumendosa, 45.

– Domicilio?

– Come sarebbe?

– Sì, insomma, dove abita?

– Ma gliel'ho già detto...

– Quindi è lo stesso della residenza?

– Certo che è lo stesso, dove vuole che abiti?

– Naturalmente! Stato civile?

– Cosa?

– Nubile o sposata?

– Nubile.

– Cittadinanza?

– Italiana.
– Altezza?
– Uno e 67 circa.
– Peso?
– 57 Kg.
– Capelli?
– Castani.
– Occhi?
– Castani.
– Segni particolari?
– Nessuno.
– Malattie esantematiche?
– Morbillo, rosolia, scarlattina e varicella.
– Appartenenza politica?
– Scusi, a lei che gliene importa?
– È il regolamento!
– Di politica non capisco niente...
– Naturalmente! Casellario giudiziale?
– Cosa?
– Fedina penale?
– Non capisco...
– Ha carichi penali pendenti?
– Che vuol dire "carichi penali"?
– Ha subìto condanne?
– No!
– Religione?
– Cattolica.
– Va a messa?
– Sì.
– Con quale frequenza?
– La domenica mattina, di solito.
– Orientamento sessuale?
– ...
– Omo, etero, LGBT, queer?

– ...

– Le piacciono gli uomini o le donne?

– Gli uomini, che domande!

– Naturalmente! Gruppo sanguigno?

– A positivo.

– Fratelli, sorelle?

– Sono figlia unica.

– Ha mai rubato qualcosa?

– Che domande! No! Perché mi chiede questo?

– È il regolamento!

– Ora che ci penso... sì, una volta ho rubato delle caramelle nel negozio sotto casa...

– È stata mai premiata per qualcosa?

– Sì, ho vinto la fascia di miss VA nella mia scuola!

– Il gelato come lo preferisce, gusti-crema o gusti-frutta?

– Gusti-frutta.

– Qual è il suo colore preferito?

– Fucsia.

– Vuole dire magenta!

– No, fucsia!

– Naturalmente! Qual è il genere di film che preferisce?

– Commedie, possibilmente romantiche.

– Quale genere di musica preferisce?

– Elettronica.

– Attualmente fuma o ha fumato sigarette, pipa, sigari anche sporadicamente negli ultimi 24 mesi?

– No!

– Fa uso di droghe?

– No!

– È dimagrita involontariamente negli ultimi 24 mesi?

– Beh... sì, effettivamente un paio di Kg...

– Ha mai ricevuto una diagnosi o si è mai sottoposta a ricoveri, cure o esami, per una o più delle seguenti malattie: infarto, angina pectoris, valvulopatie, ipertensione o altre malattie del cuore o del sistema circolatorio?

– No.

– Ictus, attacco ischemico transitorio (TIA), aneurismi, emorragie cerebrali o altre malattie dell'apparato cerebrovascolare?

– No.

– Diabete, ipercolesterolemia, alterazioni tiroidee o altre malattie del sistema endocrino-metabolico?

– No.

– Epatite, pancreatite, colite ulcerosa, morbo di Crohn, cirrosi epatica o altre malattie dell'apparato digerente?

– No.

– Artrite reumatoide, lupus eritematosa o altre malattie sistemiche o immunologiche?

– No.

– Anemie, emorragie o altre malattie del sangue?

– No.

– Sclerosi multipla, paralisi, epilessia, nevrosi o altre malattie neurologiche o del sistema nervoso?

– No.

– Ematuria (presenza di sangue nelle urine), proteinuria (proteine nelle urine), papillomi vescicali, prostatiti, o altre malattie delliuse al tagenitounitario?

– No.

– Bronchiti croniche ricorrenti, enfisema o altre malattie croniche dell'apparato respiratorio?

– No.

– Sieropositività all'HIV, AIDS o malattie HIV-correlate?

– No.

– Malattie dell'apparato muscoloscheletrico?

– No.

– Ha mai ricevuto una diagnosi o si è mai sottoposto a

ricoveri, interventi, cure o esami per cancro, qualsiasi tipo di tumore anche benigno, leucemia, polipi o diverticoli intestinali, malattie linfonodali o ghiandolari, linfomi, malattia di Hodgkin ecc?

– No.

– Attualmente è in attesa di effettuare o di ricevere esiti relativi a esami diagnostici o visite specialistiche oppure è in attesa di ricovero?

– No.

– Si è sottoposta negli ultimi dodici mesi a indagini diagnostiche particolari (ad esempio risonanza magnetica, ecografie, TAC, scintigrafia, radiografie, ECG al cicloergometro, biopsie, mammografia) che abbiano dato esito fuori della norma?

– No.

– È titolare di una pensione di invalidità o inabilità oppure ha fatto domanda per ottenerla?

– No.

– Soffre o ha sofferto negli ultimi dodici mesi di malattie per cui è stata necessaria o prescritta una cura farmacologica continuativa di oltre trenta giorni?

– No.

– Ha mai ottenuto un rifiuto o differimento di una richiesta di assicurazione sulla vita oppure un'accettazione a condizioni particolari?

– No.

– Pratica delle seguenti attività sportive: alpinismo (oltre III grado e/o su ghiaccio o con accesso ai ghiacciai), speleologia, automobilismo, motociclismo, motonautica, sport aerei, immersioni subacquee, salti dal trampolino su sci o idroscì?

– No.

– Fa uso o ha mai fatto uso di sostanze stupefacenti?

– Gliel'ho già detto! No.

– Effettua viaggi abituali o ricorrenti in paesi pericolosi per il clima o situazioni politico-militari?

– No.

– Nell'ambito della sua professione è esposta a particolari pericoli (es. alta tensione, gas, acidi, armi, sostanze velenose, lavori sotterranei, subacquei, su impalcature e tetti, ponti ecc.)?

– No.

– Ha ricordi del periodo della scuola superiore?

– Certamente!

– Me ne racconti almeno uno!

– Giocavamo a pallavolo, con le mie compagne di classe, durante l'ora di educazione fisica. Ricordo che segnammo un punto. Paola, una mia compagna di classe mi venne incontro euforica con la mano destra alzata, volendo intendere chiaramente: "Dammi il 5!" Risposi al gesto, ma qualcosa andò storto, le nostre mani si scontrarono maldestramente, col risultato che il mio pollice si piegò violentemente dalla parte del dorso e mi procurai una distorsione i cui effetti durarono per parecchi mesi.

– Ha ricordi del periodo della scuola elementare?

– Certamente!

– Me ne racconti almeno uno!

– La maestra di matematica ci assegnava un compito: "Sommare tutti i numeri da uno fino a cento"; poi prendeva da una busta un gomitolo di lana, un paio di ferri, li infilava sotto le ascelle e cominciava a lavorare a maglia... Mi è sempre rimasta impressa la velocità con la quale...

– Va bene, signorina, abbiamo capito. Quali sono i Social cui è iscritta?

– Allora... Facebook, Twitter, Instagram, Snapchat, Tumblr... Ah, anche MySpace, ma non lo uso più da molto tempo...

– Ultimo sogno fatto?

– Scusi, ma questo che c'entra?

– È il regolamento!

– Ero a casa mia, nella mia cameretta. Con me c'era una mia amica d'infanzia. Il clima era molto tranquillo e rilassato. La mia amica era dentro al mio letto singolo e io ero fuori dal letto. Mi mostra il programma di una festa con DJ Set. Una valanga di brani dei Daft Punk. Allora aggiungo un commento: "Vuoi farli schiodare dal pavimento...". Passa ancora un po' di tempo, a un certo punto le propongo di organizzare io la prossima festa. Noto subito un certo imbarazzo nel volto della mia amica.

– Bene, signorina, abbiamo quasi finito. Metta l'indice della mano destra su quest'area!

– ...

– Bene ora strofini questo tampone all'interno delle guance, sotto la lingua e dietro le labbra!

– Ma perché?

– È il regolamento!

– ...

– Bravissima! Grazie per la collaborazione! Ecco tenga, questo talloncino, le dà diritto a partecipare all'estrazione di uno dei magnifici CoolPhone messi in palio dal nostro punto vendita. Con un po' di fortuna potrà essere suo!

Carrellata all'indietro. Dissolvenza. Buio.

GLI AUTORI

Beatrice ANGELI *è nata in Piemonte nel 2000. Ha conseguito la maturità scientifica nel Liceo della sua città ed ora è matricola per il corso di studio di Lettere, con curriculum "Moderne e Contemporanee", presso l'Università di Torino.È attratta dalla letteratura, dalla critica e dalla filologia testuale, nello specifico di quanto inerente a Dante Alighieri. La sua passione più grande resta la scrittura, che rappresenta per lei una valvola di sfogo e assume funzione catartica nei momenti complicati della sua vita, quelli che l'hanno portata alla composizione di "Telemachia", il racconto presentato al Concorso "Riscontri Letterari" edizione 2018.*

Martina BUSOLA *è impiegata e mamma di due meravigliose creature. E amante dei libri. I suoi autori preferiti: Ken Follett, Gianrico Carofiglio, Donato Carrisi, Marcello Simoni, Alice Basso, Antonio Ferrara, Kevin Brooks. Nel 2019 a fine ottobre ha organizzato con il patrocinio del comune di San Giobanni Lupatoto per la polisportiva Adige Buon Pastore, presso cui presta volontariato in qualità di consigliere, l'incontro "Liberamente" con l'autore Antonio Ferrara: sessione serale per adulti, e mattutina rivolto a circa duecento studenti. Ha iniziato a scrivere un paio d'anni fa, partecipando a diversi concorsi con racconti per bambini.*

Sebastiano G. CAPPELLO *è nato a Gela, città siciliana che si affaccia sul mare. Sin da piccolo mostrava un particolare interesse per il disegno e la pittura. L'amore per le arti figurative lo ha portato ad intraprendere la professione del designer. L'incontro con la letteratura ha stravolto la sua vita: inducendolo dapprima a divorare libri su libri e, successivamente, ad esperimentare il piacere della scrittura. Il suo romanzo d'esordio "Un caso di coscienza morale" (Montag editore, 2018) segna l'inizio ufficiale di un amore che, probabilmente, loi accompagnerà per il resto dei suoi giorni. Attualmente vive e lavora in Cina, dove ha deciso di condurre il suo personale viaggio alla ricerca di se stesso.*

Antonella CARPENTIERI *ama scrivere poesie: è stata definita "poetessa di strada in avanguardie, senza seguire codici regolari, giusti per tutti". Scrive su quadernini che porta sempre con sé: adora il cartaceo. Ha ricevuto riconoscimenti e meriti in molti concorsi internazionali. Ha pubblicato il libro di poesie "Per ogni evenienza magia della notte" nel gennaio 2019. Nel marzo 2019 ha pubblicato la silloge poetica "Qualcosa rinasce in messaggi d'amore" e, nel maggio 2019, la nuova silloge "Viaggiando in me stessa arpeggio note calanti e crescenti". Nell'agosto 2019 ha ricevuto una targa di merito al concorso di poesia "Accademia dei Bronzi", con la poesia "Profonda comunione", poi inclusa nel libro "Buongiorno Alda Merini".*

Andrea CERASUOLO *e* **Carlo CONTE** *hanno pubblicato: il monologo "Eppur ti amo - un amore non corrisposto" (Giannini Editore, 2013), interpretato dal M° Pietro Pignatelli presso Città della Scienza (Napoli); il* romanzo breve "11 minuti" (Prospero Editore, 2015); il saggio "In dispArte ovvero il dio che non crede in me" (Ed. Neomediaitalia, 2017), interpretato presso la Galleria Principe di Napoli dal M° Roberto Azzurro. Sono, inoltre, autori dei racconti: "L'orecchio di Van Gogh" (antologia "Esecranda 2016", Ed. Premio Esecranda); "La spensierata estate '84" (antologia "Orrore al sole 2016"), "Adulti, zombie e vaccinati" (antologia Z di zombie) e "Il sorriso della luna" (antologia Halloween all'italiana 2017), tutti editi da Ed. Letteraturahorror.it.

Diego COCCO è nato a Valdagno (Vicenza) quarant'anni fa. Ha passato l'ultima decade a giocare con le parole, ferendosi più volte a causa dell'inesperienza e del maledetto ego inglobato nel suo nome. Oggi prova a sopravvivere rispettando la tastiera, e alterna giornate di paura a notti in cui crede di avercela fatta, di aver messo giù la frase immortale. Ha pubblicato quattro raccolte di poesia e un romanzo sperimentale con altrettante case editrici: decine di suoi racconti pulsano nel web in attesa di un'affermazione, ma lui stesso, da insoddisfatto senza scampo, li coccola e li rinnega a minuti alterni.

Samuele CORNALBA è nato a Milano nel 2000. All'età di 15 anni si è avvicinato al mondo della scrittura, innamorandosene. Dopo i primi esperimenti, ha deciso di inviare i propri racconti a diversi concorsi letterari, posizionandosi più volte sul podio. Diplomato a pieni voti presso il liceo scientifico Racchetti-Da Vinci di Crema, oggi studia a Milano. Coltiva l'ambizione di poter fare della scrittura la propria professione in futuro.

Lucia DI MARO, nata a Lecce ma romana di adozione, da sempre ama scrivere racconti e poesie. Dopo una lunga e brillante carriera al servizio delle Istituzioni, si è dedicata a tempo pieno alla sua antica passione. Nel 2018 è stato pubblicato il suo saggio "Fenomenologia di Mika" (Il Terebinto Edizioni), che con tono leggero analizza le ragioni del grande successo nel nostro paese della popolare popstar. Alcune sue poesie sono state pubblicate in antologie di poesia contemporanea, mentre due racconti fanno parte dei volumi già pubblicati nell'ambito del concorso "Riscontri letterari 2018". Attualmente partecipa alla XXXIII edizione del Premio Calvino con una raccolta di racconti.

Donato DI PASQUALE è nato a Teramo, dove vive e lavora.Si è diplomato in pianoforte presso il conservatorio della propria città, e ha conseguito la laurea magistrale in Filosofia e Comunicazione presso l'Università dell'Aquila, discutendo la tesi "Il concetto di rumore in Fred Dretske". Ha studiato a lungo composizione e musica elettronica. Ha scritto apprezzate recensioni pubblicate presso il ROF (Rossini Opera Festival). Nel settembre del 2000 ha fondato insieme ad altri L'Associazione Culturale Play22settembre. Dirige la scuola V.A.M. (Video Audio Music). È docente di musica nella scuola secondaria.

Eliana FAROTTO si occupa professionalmente di ambiente e sostenibilità. È una lettrice appassionata, e di recente ha cominciato ad affiancare alla redazione dei rapporti tecnici la scrittura di racconti, sperimentando generi diversi. Nel 2019 sono stati selezionati e premiati numerosi suoi testi, di cui circa una ventina pubblicati su antologie.

Marianna GUIDA insegna Lettere in un liceo di Napoli, dove si occupa di scrittura creativa. Ha al suo attivo la pubblicazione di due raccolte di racconti, "Interno napoletano" (Morellini Editore) e "Un nido di memorie" (Guida Editore). Nel 2018 il suo racconto "Prima degli esami" è stato tra i vincitori del Premio letterario "Racconti nella rete".

Emma LUCIANI è psichiatra e psicoterapeuta di formazione psicodinamica, e si dedica, oltre che alla professione clinica, anche ad attività formative e divulgative. Ha pubblicato con Paoline editoriale "I tempi del dolore", quaderno di supporto per le situazioni di lutto difficile, e "Quando i nonni si ammalano", manuale dedicato a chi assiste anziani affetti da patologie tali da compromettere comportamento e relazioni. Ha pubblicato anche due romanzi sui temi della violenza alle donne ("Una sosta a metà strada" LULU) e della complessità delle dinamiche di coppia ("Omissioni", WLM edizioni).

Beatrice MARIGNETTI è nata nel 1998. Ha conseguito la maturità presso il Liceo Scientifico Statale "Tito Lucrezio Caro" di Napoli. Ha studiato pianoforte con Mariateresa D'Alessandro, classificandosi quarta al Concorso Nazionale di Musica "A.C.L.I." nel 2011. Ha concluso il corso professionale "Attore – Doppiatore" presso l'associazione culturale Voice Art Dubbing nel 2019. Attualmente studia presso l'Università L'Orientale di Napoli.

Eleonora PAVESI è nata e cresciuta nella soleggiata Milano, e ha scoperto la scrittura intorno ai dodici anni; grazie al diario segreto, il suo susseguirsi di "caro diario" un giorno dopo l'altro si è trasformato in un salvavita durante una complicata adolescenza. L'amore per la scrittura è poi proseguito con alti e bassi e migliaia di fogli di carta scritti a matita ed infine, con l'avvento della tecnologia, di tastiere di computer consumate e fogli word compilati. Ha pubblicato diversi racconti, e un libro dal titolo "L'influencer che sapeva troppo".

Gherardo POZZI è nato a Firenze nel 1976. Ha pubblicato per Aletti Editore le raccolte di poesie "Ali Danzanti", "All'improvviso una sera d'estate", "Aspettando un sogno"; per Edizioni Creativa la silloge "Rintocchi d'estate"; per Albatros la raccolta poetica "Rientrando a casa"; per Pagine, "Silenzi ed Amori senza tempo".

Giuseppe RAINERI si è cimentato, dopo una lunga, ricca e variegata esperienza di lettore, nel mettere per iscritto pensieri, fatti reali e di pura fantasia, dando vita a progetti narrativi abbozzati o rimasti incompleti per molto tempo. All'interesse per la tecnologia affianca quello fortissimo per la musica, Bach soprattutto, per la scienza, la storia, la narrativa, che diventa chiave di lettura dell'uomo anche dove sembra che la fantasia prevalga sul vissuto reale. Con lo pseudonimo di Giulio Irneari ha esordito con "Plissé" per la casa editrice Silele, cui è seguito "Il patto", dove il racconto si tinge di giallo e di nero, ed un romanzo breve in formato elettronico su Amazon, dal titolo "La biblioteca delle memorie minime: un omaggio di fantasia ai libri, alle biblioteche, a Borges". Altro è in attesa di pubblicazione.

Pietro RAINERO vive ad Acqui Terme (AL), dove insegna presso il locale Liceo Artistico. La sua scrittura è basata sull'immaginazione, la leggerezza, il paradosso, le antifrasi e i calembour, e spesso non è scevra da intenti pedagogici. Ha scritto 115 racconti, vinto 49 concorsi di narrativa ed è presente su più di 200 antologie. Collabora con riviste e siti web e scrive anche per l'importante blog culturale "Alla volta di Leucade". Dal 2013 fa parte della Giuria del premio "Gozzano". Ha pubblicato sette raccolte di racconti.

Gabriella SABBIONI, nata a Terni nel 1950, scrive da sempre più che altro per se stessa. Diplomata Infermiera Professionale, ormai in pensione dopo una vita lavorativa in ospedale, si è dedicata con più impegno al suo hobby per la scrittura creativa, dividendosi tra questa passione e gli obblighi di donna di casa in una famiglia numerosa. Ha partecipato a diversi concorsi letterari prevalentemente con racconti brevi, conseguendo soddisfacenti risultati solo negli ultimi anni, e varie pubblicazioni in antologie.

Emma SAPONARO è nata e vive a Roma. Laureata in Pedagogia ed esperta nelle tematiche dell'adozione, ha tenuto cicli di lezioni sul tema. È stata coordinatrice del comitato di redazione della rivista semestrale Famiglia e Minori, per la quale ha pubblicato articoli a carattere psico-giuridico su adozione, abbandono e violenza sulle donne. È stata ideatrice, organizzatrice e curatrice, insieme alla scrittrice Diana Sganappa, del progetto benefico Parole di Pane, terminato con la pubblicazione dell'antologia omonima (Farnesi Editore, 2013, Giulio Perrone Editore, 2014). Scrive romanzi, ed i suoi racconti, selezionati e pubblicati in diverse antologie, hanno ricevuto riconoscimenti e premi: "Come il profumo" è il suo romanzo di esordio (Castelvecchi Editore, 2017).

Miriam SCHIAVINA vive in provincia di Bologna. È laureata in Lingue Straniere e ha un passato di traduttrice e insegnante. Ama scrivere, studiare, fotografare e *camminare in compagnia. Nel frattempo – e per quanto le è possibile – cerca di vivere e lasciar vivere.*

Chiara SILANO *è nata ad Atessa (CH) nel 1987. Ha sempre amato l'arte e l'archeologia, e pertanto – concluso il liceo – si è trasferita a Roma per studiare Egittologia e Civiltà Copta e specializzarsi in Preistoria e Protostoria presso l'Università La Sapienza. Nel 2015, dopo aver vinto il concorso "Progetto ValoRe. Abruzzo- Valorizzatori e Restauratori", ha conseguito la qualifica di Assistente alla direzione di scavo archeologico. Nel 2016, vincitrice di una borsa di studio erogata da La Sapienza, ha svolto un percorso di alto perfezionamento presso l'Università di Lund (Svezia). Tornata in Italia, ha intrapreso un iter accademico integrativo per poter accedere all'insegnamento, durante il quale ha avuto il tempo necessario per dedicarsi ad una sua passione recondita: la scrittura.*

Agostino TERRANOVA *è nato a Novara nel 1971. Vive e lavora a Roma da più di vent'anni. Ha già pubblicato "Così come siamo" per Medimond Collana GME, e "Comincio a camminare" per Book Sprint Edizioni, e nel mese di maggio 2020 uscirà il suo terzo libro: "Il peggior libro scritto a partire dal Novecento", edito da Bookabook.*

Alessandro TOZZOLA *è nato a Castel San Pietro Terme (BO) nel 1996, e coltiva la passione per la lettura fin da ragazzo. Durante i suoi studi presso il Liceo Scientifico Rambaldi-Valeriani ha iniziato a scrivere i suoi primi racconti, passione che ha continuato a coltivare anche durante il periodo universitario presso il corso di laurea in Tecniche Ortopediche a Bologna, dove si è laureato nel 2018. Nello stesso anno è entrato a far parte di Pegaso*

Scrittura Creativa e Dintorni, associazione di Castel San Pietro che promuove localmente mostre pittoriche, corsi di scrittura e altre manifestazioni culturali. Nel 2019 il suo racconto "Il pescatore" è stato selezionato e pubblicato nell'antologia "Racconti Emiliano-Romagnoli", edita dalla casa editrice Historica. Sempre con Historica, a dicembre 2019 è stato pubblicato il suo racconto "Diario di un foie gras umano: ovvero, una storia culinaria sull'assurdo", nella raccolta "Racconti a tavola".

Andrea VERDINO si è laureato in Lingue e Letterature Straniere presso l'Università degli Studi di Milano, con una tesi su Gente di Dublino di James Joyce. Ha intrapreso poi il corso di studi di Laurea Magistrale nel percorso Linguistico e Traduttologico. La sua attività si concentra in particolare sulla ricerca delle nuove prospettive di analisi nel testo tradotto della lingua inglese. Nel 2019 ha pubblicato il suo primo saggio per l'International Journal of Computational Linguistics. Si dedica all'attività letteraria mosso dal desiderio di riportare in italiano il gusto e lo stile della grande letteratura inglese e americana, e contemporaneamente confermarsi sia nel suo ruolo di ricercatore linguistico che in quello di autore.